Table des Matières

Je Jure Que Nous Nous Retrouverons

Annie Moon

"L'amour est comme un feu, si tu veux qu'il dure, tu dois l'alimenter".
Proverbe hindou.

Indice

Avant-propos

L'amour change parfois tout notre univers. Parfois, nous pensons pouvoir échapper à ses griffes, et tout comme Susy Evans l'a cru, elle a fini par aimer mais en payant un prix élevé.

"Je jure que nous nous retrouverons" est un roman différent avec une fin inattendue qui vous enseignera que le véritable amour peut être trouvé là où vous vous y attendez le moins. C'est un roman palpitant que vous ne pourrez pas arrêter de lire, et où les larmes couleront sûrement à tout moment.

1

Susy Evans, une fille ordinaire, traversait à toute vitesse la forêt de Printehan Texas avec sa mère et ses deux frères, courant pour sauver leur vie.....

Le fait est que la civilisation humaine s'était effondrée quelques semaines auparavant, lorsque des êtres intelligents venus d'autres mondes avaient réussi à semer la terreur sur la planète. La plupart des nations avaient cessé d'exister, et seul le chaos et la destruction prévalaient. Les seuls survivants avaient réussi à se glisser inaperçus dans les forêts, hors de la vue des êtres à morphologie humaine. Si ce n'était qu'ils étaient descendus de ces étranges vaisseaux, on ne les croirait pas hostiles.

Susy Evans et sa famille restèrent longtemps accroupis sous de hauts feuillages, attendant le départ des créatures. La terreur les saisissait à chaque seconde qu'ils apercevaient les ombres en mouvement comme dans un jeu d'approche et de recul vers sept heures du soir.

-Par ici", a soudainement marmonné une voix masculine derrière eux. Susy et sa famille se retournent alors avec étonnement pour voir une ombre derrière un arbre qui leur fait signe de la suivre.

-Qui est-il ? -Demande sa mère en balbutiant, les yeux fixés sur la silhouette sombre et immobile. Tandis que ses frères jumeaux, qui n'avaient pas plus de 13 ans, s'exclamaient avec hésitation et réticence, "Je ne sais pas, mais...".

-Je ne sais pas, mais... il vaut mieux partir avec cet étranger qu'avec eux", répondit Susy sans réfléchir. Puis ils rampèrent prudemment à travers la végétation dense et quelques mètres plus tard, ils suivirent les traces de l'ombre étrange qui se déplaçait devant eux sous les ombres des arbres. Après plus de 300 mètres de montée et une respiration incessante, ils se posèrent derrière un rocher qui était l'entrée d'une petite grotte.

-Qui êtes-vous ? - demande Susy à voix basse à environ trois mètres de la silhouette perchée au-dessus de l'entrée sombre de la grotte naturelle.....

-Si tu veux survivre, tu ferais mieux d'entrer, tu seras en sécurité ici pour l'instant..." on entendit l'ombre répondre sur un ton très étrange alors qu'elle avançait dans la grotte. Susy et sa mère se sont regardées avec hésitation, comme si elles disaient : "Et si c'était un piège ?

-Nous sommes déjà là, nous ne pouvons pas faire demi-tour avec ces choses autour de nous... nous ferions mieux d'y aller", dit Susy Evans avec détermination, puis elles entrèrent avec la peur au ventre.

Susy Evans, 28 ans, était avant tout cela une dirigeante prospère d'une multinationale de l'énergie. Lorsque la menace extraterrestre a commencé sa féroce attaque sur la planète entière il y a quinze jours, elle et sa famille ont survécu dans les comtés boisés en fuyant de nuit à pied près d'Austin, au Texas. Malheureusement, ils ont réussi à être surpris il y a quelques heures quand deux vaisseaux les ont repérés et ont commencé leur poursuite féroce jusqu'à il n'y a pas longtemps où ils ont apparemment réussi à les perdre.

- Qui êtes-vous ? -Susy a demandé d'un ton sérieux derrière l'homme qui gisait immobile au bout de la grotte, après y avoir marché une quarantaine de mètres.

D'autres viendront bientôt", répondit-il lentement.

-Qu'est-ce que tu racontes, jeune homme ? - éclate Annie, la mère de Susy.

-Bientôt d'autres de ces envahisseurs vont arriver......

-Comment le sais-tu ? -Evans a demandé, accablé. Cela semblait trop catastrophique pour être vrai.

-Ne t'occupe pas de ça... seulement du fait qu'ils arrivent, répéta l'étranger d'un ton froid cette fois.

Des hordes d'armées hostiles s'élancent dans le ciel de toute la planète, anéantissant les derniers vestiges de la résistance humaine. Il n'a fallu que deux semaines à une flottille d'une race inconnue pour détruire presque toute la civilisation humaine. C'était comme ça, ceux qui survivaient pendant des jours étaient tôt ou tard traqués et anéantis. Susy et sa famille ont eu la chance d'avoir passé plus de deux semaines en vie, et d'avoir réussi à échapper aux deux navires à grande vitesse avant que l'étranger ne les sauve.

-Qu'est-ce que tu es censé faire ? Evans demanda à l'homme qui gisait immobile au fond du rocher, son large dos n'apparaissant que dans l'obscurité de la grotte sans issue.

-Sientôt les dévoreurs seront amenés, et la vie de ce monde cessera," répondit-il d'une manière à laquelle il ne s'attendait pas.

-Qu'est-ce que tu racontes ? Qui es-tu ? - demanda encore Evans, quelque peu agacé par sa discrétion.

Je suis l'un d'entre eux", répondit-il, laissant Susy et sa famille la bouche béante, pour la laisser encore plus béante lorsqu'il se retourna pour révéler le visage d'un homme, à l'exception des yeux qui étaient complètement bleus.....

-Sainte Vache ! -Ils ont tous crié en chœur, puis ont essayé de sortir de la grotte, mais l'homme les a arrêtés en disant "Attendez !

-Attendez ! Je ne suis pas comme eux.

-C'est comme un rêve", dit une Annie déconcertée, serrant ses deux enfants dans ses bras tout en tournant la tête à 360 degrés.

Qu'est-ce qui se passe, maman ? -Aron s'exclame avec agitation, l'un des jumeaux étant presque au bord de la crise de panique.

-Pourquoi tu nous aides ? Tu es censé être l'un d'entre eux," dit Evans, un peu contrarié, en fixant les yeux sombres et bleus de l'étranger qui s'assombrissaient dans la pénombre de la caverne...

-Je n'avais pas l'intention de faire ça, sauf que j'ai vu qu'ils étaient sur le point d'être pris et.....

-Mais je ne comprends pas, d'où viennent-ils ? pourquoi font-ils cela ?

L'étranger s'avança vers eux, les dépassa et se percha à la sortie de la grotte en regardant au-delà de l'horizon. Evans et compagnie étaient abasourdis par ce qu'ils venaient d'entendre, et n'attendaient que des explications, qui pendant quelques instants ne se produisirent pas.

-Qu'est-ce que tu es censé faire ? -demanda Susy à voix basse, quelque peu perturbée par le fait que son interlocuteur n'était pas humain. L'être ne répondit pas à la question et se contenta de dire de sa voix grave : "Je ne sais pas pourquoi je les ai sauvés, à la fin personne ne survivra dans ce monde, pas même les bêtes, tout sera dévasté.

-Mais plus que ce qui se passe déjà ? -dit Annie d'un ton laconique.

Ils arrivent", déclara l'étranger qui avait le même physique qu'un humain, à l'exception de ses yeux d'un bleu inquiétant et d'une taille de près d'un mètre quatre-vingt.

Après avoir dit cela, il était sur le point de partir quand Evans s'est écrié avec colère : "Si c'est vrai ce que vous dites, vous nous auriez laissés à nous-mêmes, eh bien, en nous disant que bientôt la situation sera pire, vous nous donnez assez d'espoir, ne pensez-vous pas, petit homme des étoiles ? -L'homme, sur le point de s'éloigner dans une zone dense d'arbres, s'arrêta, et regarda par-dessus son épaule dans l'obscurité où elle se tenait, éclairée seulement par les rayons de la lune.

-Je sais, je n'aurais pas dû faire ça, mais je l'ai fait et..." il fit un geste d'agacement puis dit quelque chose qu'il ne voulait pas dire en paroles - "suis-moi... mais doucement...".

Ce furent quelques heures intenses de marche, avec la peur au ventre, alors que cet étrange personnage marchait sans mot dire vers des chemins difficiles d'accès. Jusqu'à ce que, tard dans la nuit, il s'arrête sur une bande de végétation épaisse.

-Hey, où vas-tu ? Je veux dire, merci pour tout, mais qu'est-ce que tu comptes faire ? - chuchota nerveusement Susy après avoir marché pendant quatre ou cinq heures dans l'obscurité totale, la lune étant presque couverte par d'épais nuages.

L'étranger ne répondit pas et s'avança seul dans la végétation dense qui lui arrivait facilement à la poitrine. Susy et sa famille ont attendu à la lisière du feuillage, ne sachant pas où l'étranger était allé. Après quelques minutes, une lumière clignotante a illuminé toute la zone environnante.

- Baissez-vous", dit l'homme, sortant soudainement du buisson et les faisant tous tomber au sol. Au-dessus de leurs têtes se trouvait une flottille d'engins circulaires filant à toute vitesse dans le ciel sur une trajectoire inconnue. Après quelques secondes, ils étaient perdus derrière des montagnes.

-Qu'est-ce que c'était, au nom du ciel ? -Anne murmure, le cœur battant, et Susy et ses frères et sœurs répètent les mêmes exclamations. L'homme est resté silencieux pendant une minute, puis s'est redressé et a dit quelque chose qui a stupéfié tout le monde, surtout la fille.

-Tu as deux choix : attendre l'arrivée du dévoreur et de son armée, ou venir avec moi dans les étoiles, je ne sais pas où, mais très loin d'ici.

En entendant cela, Susy frissonna devant ce que cet être inconnu leur proposait dans une situation extrême. Partir avec lui vers une destination inconnue était quelque chose qu'elle ne pouvait pas croire, c'était presque illusoire à ce moment-là. Elle, étant une ancienne cadre à succès dans le monde des affaires, personne de sensé ne croirait qu'elle n'était jamais tombée amoureuse, ou même essayé de l'être. C'était une fille froide qui, à ce moment-là, ne voulait pas mourir sans avoir connu ce que tout le monde appelle l'amour. Elle ne voulait pas mourir, mais elle ne voulait pas non plus partir. Mais, dans cette situation, il n'y avait pas le choix, car s'ils restaient, ils allaient tous mourir. Mais il y avait aussi la question de savoir qui pouvait leur assurer qu'en allant avec cet être mystérieux, ils ne mourraient pas dans de pires conditions ? De plus, apparemment, il ne leur avait pas raconté toute l'histoire.

-C'est comme un foutu cauchemar", sanglote Annie en serrant fort ses jumeaux dans ses bras, et à côté Susy, qui a l'air incrédule et incrédule. Elle ne voulait pas quitter ce monde, malgré les destructions en cours. Elle pensait être habituée à être en fuite, mais à ce stade, si cet être disait vraiment la vérité, il n'y avait pas le choix.

-D'accord," dit-il soudainement alors que des larmes coulaient sur ses joues. Mais comment allons-nous sortir d'ici ? Ne me dis pas que tu vas essayer d'en voler un ?

Non", murmura-t-elle.

-La raison pour laquelle je vous ai fait venir jusqu'ici, c'est que derrière ces buissons se trouve un vaisseau semblable à ceux qui sont passés il y a quelques instants.

-Quoi ? Vous avez un vaisseau ? Comment ?

-Oui.

-Mais comment l'avez-vous obtenu ? - Evans a encore fait des remontrances. -Trop de questions tourbillonnaient autour d'elle, et comme elle était un personnage réticent, elle ne pouvait pas se taire. Malgré le fait qu'elle avait en face d'elle un être d'un autre monde à la physionomie humaine, elle n'en avait cure, et continuait à lancer des questions un peu crues pour la situation.

-Vous pouvez arrêter de demander. -Il dit, en entrelaçant une seconde le regard de Susy, puis il dit : -Je ne pense pas qu'il y ait d'autres signes de ces choses pour l'instant, alors attendez ici accroupie, je viendrai dans quelques instants... ne vous levez pas pour rien, parce que si ça se reproduit, vous ne le direz pas, dit-il. Puis, sous le regard étonné des humains, il disparut dans la zone d'ombre des arbres devant lui.

Evans, l'air abattu, tomba à genoux sans mot dire, tandis que sa mère tentait de l'encourager. Au fond d'elle, Evans lui pesait trop lourdement pour avoir été aussi frivole et ne s'être jamais donné la chance d'aimer, car selon elle, c'était idiot. Elle a toujours préféré être une femme d'affaires prospère et mettre de côté cette chose qu'on appelle l'amour, qui est ce qui nous rend vraiment humains. Et l'étincelle qui rend tout le monde excité et nous pousse à avoir une raison de faire les choses.

-Chérie, il n'y a pas que toi, nous souffrons tous ici. -Sa mère s'exclame à travers ses larmes en se penchant pour l'embrasser dans cette scène singulière.

-Je sais, maman, mais..." répondit-elle sans finir le mot, et toutes deux fondirent en larmes sous le regard pusillanime des jumeaux. Pas plus de cinq minutes s'écoulent lorsqu'une lueur illumine tout ce qui se trouve au-dessus de leurs têtes dans un rayon d'une dizaine de mètres : c'est lui. L'homme étrange ouvre l'écoutille de l'étrange vaisseau circulaire qui brille au-dessus de leurs têtes, d'une circonférence de plusieurs mètres et doté d'une technologie étrange. Il a immédiatement commencé à les soulever dans les airs, une action qui a fait dresser les cheveux sur la tête de tout le monde, car ils ont d'abord pensé que c'était les créatures hostiles, mais la voix profonde de l'étranger les a rassurés une fois qu'ils ont atterri sur le plancher du navire :

Dépêchez-vous. Comme vous l'avez déjà compris, leur morphologie est similaire à la nôtre, alors prenez place, nous allons voler à la vitesse des étoiles.

En d'autres termes, l'être voulait peut-être leur dire qu'ils allaient voler à la vitesse de la lumière. Susy et sa famille n'hésitèrent pas à obéir et prirent place, et immédiatement un mécanisme semblable à des bras retint leurs corps afin qu'ils ne soient pas suspendus et n'entrent pas en collision avec les parois de l'intérieur de cette étrange technologie une fois qu'ils auraient quitté l'atmosphère.

-Attendez, je voulais vous demander quelque chose," dit Susy, en essayant de contrôler ses nerfs. Car une chose était certaine, à ce stade leur avenir était incertain, et pourtant son esprit n'envisageait toujours pas de se résigner à une mort certaine. -Je sais que nous pouvons encore respirer de l'oxygène ici, je le pense, sinon nous serions déjà morts, mais toi ?

-Je sais ce que vous voulez dire, répondit-il passivement, je respire les mêmes gaz que vous. Il n'y a pas à avoir peur, il y en a assez sur ce vaisseau pour nous amener là où nous devons aller. -Il dit, et quelques secondes plus tard, il était perdu plus bas dans une étroite écoutille.

Ce type est si secret, je déteste les hommes comme ça, mais ce n'est même pas un homme, ce n'est pas un extraterrestre ou quoi que ce soit..." se dit-il en riant. Alors que personne dans sa famille n'a même dit quoi que ce soit. D'un moment à l'autre, le vaisseau commença à s'élever et soudain une secousse brutale se fit sentir même avec la protection et c'est alors que le vaisseau quitta la planète à une vitesse abyssale.

C'était un baiser ?

— Finis les souvenirs, du moins pour l'instant - se dit l'un d'eux...

Cela fait quelques jours que Susy et sa famille ont quitté la planète. Maintenant, peut-être que là-bas, la vie n'existe plus. Au moins, jusqu'à présent, ils ont eu de la chance. Bien que, à vrai dire, ils semblent maintenant errer dans l'espace profond, sans direction ni orientation.

-J'ai faim," dit soudain l'un des jumeaux. L'autre s'exclama quelque chose de similaire.

-Mince ! Ce type n'est pas sorti de la cabine depuis deux jours... et d'après ce que l'on voit, nous dérivons," dit Evans plaintivement, puis il cria en direction du compartiment principal, "Hé ! Si vous êtes dans la cabine, sortez, nous avons besoin d'eau, nous ne pouvons pas survivre un jour de plus, s'il vous plaît ! dit-il, presque implorant, en faisant traîner ce dernier mot, qu'il n'avait jamais l'habitude de prononcer, en raison de son orgueil et de sa nature de despote.

Après ces cris incessants et agaçants, l'être ne tarda pas à ouvrir l'écoutille et se dirigea sans émotion vers l'extrémité du vaisseau, ouvrit un compartiment et sortit d'un étrange seau couleur mercure le liquide vital que tout le monde appelait eau sur terre. -Vous pouvez boire. J'avais oublié que vous, les humains, ne survivez pas longtemps sans elle. -Après avoir dit cela, il retourna à la cabine de contrôle avec la même indifférence qu'à son arrivée, peut-être à cause de la façon dont la jeune fille s'adressait à lui.

-Au moins nous avons eu de l'eau... elle a un goût délicieux, tu ne trouves pas, maman ? -Dit Aron, "Ne bois pas autant John, on pourrait en avoir besoin plus tard", ordonna sa mère en faisant un signe de tête à Aron.

-Je ne pense pas que nous survivrons beaucoup plus longtemps comme ça," marmonna Evans à sa mère, en jetant un regard désespéré vers une zone du vaisseau où l'immensité du cosmos était visible.

-Je pense que tu as raison, chérie, il n'y a pas de nourriture. Je n'ai jamais pensé que dans ces moments-là, entre le désespoir et la peur, ça n'avait pas d'importance. Mais, pour être honnête, il aurait été préférable que nous restions là. -Annie a dit un peu résignée, mais, juste au moment où elle terminait ce commentaire, la trappe s'est ouverte à nouveau et dans ses mains l'homme tenait une sorte de récipient avec de la nourriture mystérieuse et exotique, du moins cela ressemblait à de la nourriture des étoiles.

Il le tendit brusquement à Susy en la regardant d'un air apathique comme pour lui dire : " Tiens, humain, ils sont une nuisance ". Elle n'eut même pas le temps de dire merci que l'homme retourna d'où il venait.

-De la nourriture ! -s'exclame Annie, "mais....

-On n'a pas d'autre choix que de manger, maman, c'est suffisant pour nous faire vivre... au moins si cette "nourriture" ne nous tue pas, nous survivrons quelques jours de plus.

-C'est juste dégoûtant, mon enfant. -On dirait des escargots écrasés avec de la sauce Worcestershire," ajouta Aron. Mais il n'a pas fallu plus de deux secondes pour que tout le monde savoure la nourriture gélatineuse et insipide.

"Nous allons bientôt arriver sur la planète Kepler 45, la vitesse augmente, l'équipage est prié de prendre place..." -On entendait une sorte de haut-parleur dans la langue des humains, ce qui était vraiment étonnant pour une technologie d'un autre monde.

-Tu as entendu Susy ? Ce type a même pris la peine de traduire dans notre langue, ça me rassure, je veux dire, au moins il ne nous tuera pas pour le moment. -murmura sa mère. Evans était silencieux, comme s'il prenait conscience de la façon dont leurs vies avaient changé d'un moment à l'autre. Et d'être sur terre il y a trois jours, ils étaient maintenant loin, très loin, au plus profond du cosmos où ils ne pouvaient percevoir qu'une obscurité atroce et des milliards et des milliards d'étoiles aperçues à travers une trappe rectangulaire.

-Laissons-le nous tuer", dit John, l'autre jumeau, en plaisantant. La planète où nous allons, celle que la voix robotique a mentionnée, qui peut dire qu'il ne nous emmènera pas comme des petits animaux en cage, et une fois sur place, il nous vendra au plus offrant, et nous serons la risée de tous, n'est-ce pas ? C'est en tout cas ce qui se passe dans le jeu vidéo Game of Space.

-Nous ne sommes pas faits pour plaisanter John, lui réprimanda sa sœur, tu ne te rends pas compte, je ne veux pas dire ça, mais nos vies... nous ne pouvons pas... calme-toi mon chéri, viens, dit sa mère d'un ton affable alors qu'elle la serrait fort dans ses bras et qu'Evans s'enfonçait dans sa poitrine. -John et Aron, ne dites pas de bêtises, je ne veux pas de commentaires de ce genre... Venez ! Allons à vos places, c'est là que nous serons le mieux. -Annie dit en regardant sa fille pleurer, ce qu'elle n'avait jamais fait dans sa vie sur terre.

Mme Annie Marth était une ancienne avocate prospère avant que tout ce chaos ne se produise. Elle avait 47 ans et était veuve depuis peu. Son mari, M. Thom Ryder, membre de la marine, était mort d'un cancer deux ans auparavant, ce qui avait durement touché la famille. Et pour aggraver les choses, juste au moment où ils se remettaient de cette perte, l'événement catastrophique s'est produit. Mme Annie avait toujours voulu que sa fille bien-aimée épouse un garçon de la famille Martles, une famille aisée de l'est du Texas et membre de la plus importante association d'avocats de l'État. Elle a fait tout le nécessaire pour leur fixer un rendez-vous, mais la rebelle Susy a tout fait pour gâcher la rencontre. Evans était complètement différente des autres filles, à un certain moment ses parents ont pensé qu'elle avait un problème psychologique, car à l'âge de 20 ans elle n'avait jamais rencontré de petit ami. Quelque chose d'extrêmement "normal" dans la culture américaine, à moins d'être extrêmement timide ou d'avoir un trouble quelconque, ne pas ressentir d'inclination pour le sexe opposé, est quelque chose de rare, je le dis au sens large du terme. Quelques années passent et Susy ne montre toujours pas d'intérêt pour les garçons, et c'est alors que sa mère, par souci et fierté, lui trouve des prétendants qui, malheureusement pour elle, se terminent de la même façon : par des échecs embarrassants.

Quand on a une fille qui a du succès dès son plus jeune âge, il est difficile de la contrôler. Evans, à l'âge de 23 ans, après avoir quitté l'université, a immédiatement obtenu un poste de cadre supérieur dans une grande multinationale de l'énergie, et bon sang, elle a été à la hauteur. Pendant toutes ces années, Susy s'est forgé un caractère réticent et froid, qui, même dans l'entreprise, était secrètement connu de ses subordonnés pour son despotisme de fille de glace. Comme l'a dit un sage perse, "même si tu deviens comme la pierre, au fond, il y aura toujours quelqu'un qui pourra te dompter".

"Quinze minutes-lumière pour Kepler45", le même message a été entendu répété pendant quelques secondes dans le haut-parleur, un message qui a rempli tout le monde d'excitation.

Comment sera ce monde ? Sera-t-il comme la Terre ? La jeune fille a commenté, sans même attendre de réponse, les yeux fixés sur la seule trappe rectangulaire qui se trouvait là, d'un mètre de large peut-être, où l'on pouvait voir les étoiles.

-J'aimerais bien, chérie ! Bien que, de manière réaliste, j'en doute ! Il suffit d'imaginer la dernière série que nous avons vue à la télévision, tu peux imaginer.....

-Ce que je ne comprends pas, c'est pourquoi cet homme-étoile les fuit, s'ils sont censés être de sa propre race.

-Aucune idée, chérie, dit Annie à voix basse, ce que je me demande, c'est ce qu'il faisait dans la forêt quand nous nous enfuyions... tu sais, lui aussi était un envahisseur, mais il a sûrement dû se rebeller contre eux à un moment donné, c'est ma seule théorie, dit l'avocat.

-Je n'avais pas pensé à ça, maman, tu as tout à fait raison, c'est possible, mais pourquoi... ?

-Pourquoi tu ne demandes pas à sa sœur ? -Je ne suis pas sûr, dit John qui était assis à sa gauche parmi les huit sièges qui étaient dispersés horizontalement à un mètre les uns des autres.

-Très drôle mon frère, j'espère que tu ne seras pas comme ça quand tu te feras manger par un dinosaure sur la planète où nous allons.

-Vous ne voyez pas la situation dans laquelle nous sommes", les réprimande leur mère en bonne avocate. Une répression qui a fait son effet.

- Parfois, je me dis que je préférerais être morte", se plaint Evans, "trois jours sans douche ni toilettes, c'est de la folie".

-Regarde, mon enfant, qu'y a-t-il de l'autre côté de cette trappe ? -Sa mère lui montre du doigt l'autre rangée de sièges sur le côté gauche du navire. Susy tourne la tête et répond en hésitant.

-Je pense que c'est le cockpit.

Je veux dire celui sur le côté droit, l'autre écoutille, penses-tu qu'il y a une salle de bain là-bas ? -Susy a suggéré, sachant très bien qu'elle leur avait interdit au préalable de rester seuls dans cette section.

-Je vois que le vaisseau ne tremble plus beaucoup maintenant, ma... tu as raison, je vais aller voir derrière cette trappe. Si j'ai de la chance, je trouverai peut-être une salle de bain. -Il dit en appuyant sur un bouton et en détachant le gilet de sécurité de son siège.

-Va prudemment, et tiens-nous au courant, mon amour.

Le vaisseau n'était visiblement pas très grand, tout au plus 28 mètres de long et 4 mètres de large pour 2 mètres de haut.

La jeune fille marchait en essayant de faire le moins de bruit possible, après trois jours passés assise là, engourdie, il était temps d'enquêter. Quand elle arriva enfin au bout du seul couloir qui menait à une trappe qui était probablement la cabine où se trouvait l'être, deux mètres plus loin, à l'arrière, il y avait une deuxième trappe. Susy l'a fixée pendant quelques secondes, puis n'a pas su quoi faire. Il ne s'agissait pas simplement de se tenir devant et qu'un capteur détecte le mouvement et l'ouvre automatiquement, non, elle devait au moins appuyer sur un bouton pour l'ouvrir. Elle devait appuyer sur au moins un bouton du tableau de bord devant elle pour qu'elle s'ouvre. Heureusement pour elle, elle a appuyé sur le plus évident, une sorte de bouton rouge, et eurêka ! le mécanisme s'est activé et a révélé son intérieur. La chambre dans cette zone était complètement sombre. Quelque chose qui lui fit dresser les cheveux sur la tête, mais elle reconnut immédiatement qu'il n'y avait évidemment aucun danger, sinon l'homme les aurait assassinés depuis des jours. Elle mit un pied à l'intérieur et commença à ramper lentement, pratiquement à tâtons, pour sortir. Dans cette pièce, il n'y avait aucun moyen d'être guidé par la lumière des étoiles. Soudain, elle sentit un frisson la parcourir, et une peur irraisonnée la saisit, à tel point qu'elle décida de faire demi-tour, mais alors qu'elle le faisait, la porte claqua soudainement, et à son grand désarroi, une main se posa sur son épaule et elle se figea, mais immédiatement à sa grande chance, une voix la rassura, et c'était la sienne.

-Je pense avoir été assez clair en t'ordonnant de ne pas quitter l'endroit où tu étais, pourquoi as-tu désobéi ? -Il lui fit remarquer d'un ton cinglant alors qu'elle distinguait à peine sa silhouette dans la pénombre à un mètre d'elle.

-Excuse-moi, mais, tu sais, je cherchais un bain, nous n'avons pas pris de douche depuis quelques jours, et... j'espère que tu sais de quoi je parle.

Et qu'est-ce qui vous a fait penser que vous le trouveriez ici ? Vous, les humains, vous êtes si peu pratiques ", a-t-il répondu, puis il a ordonné dans une langue étrange à une intelligence artificielle qui a immédiatement allumé les lumières dans toute la chambre, qui, bon sang, était grande et pleine de petites sections d'apparence technologique. Alors qu'Evans tentait de s'excuser, l'I.A. annonça dans la langue originale de l'être qu'ils étaient arrivés.

Nous sommes enfin arrivés", a-t-il dit, avant de se précipiter vers le cockpit. Susy le suivit, et à son grand étonnement, il entra dans le compartiment derrière lui sans se faire remarquer et quel spectacle il aperçut... le vaisseau commençait frénétiquement à entrer dans l'atmosphère.

-Que diable faites-vous ici ? -Il a crié dès qu'il s'est rendu compte, mais il n'a pas fait plus que de dire : "Monte sur ce siège, parce que s'il t'attrape par les pieds, il va te frapper contre les murs et ....". -Elle a obéi et ils sont entrés immédiatement dans l'atmosphère de la planète Kepler 45.

-Hey ! Je suis désolé, mais....

-Tais-toi humain, j'ai été assez compatissant avec toi et tu oses encore me manquer de respect comme ça.

-Du calme, mec, c'est pas grave", marmonnait-il pour lui-même. Alors que la température montait clairement à l'extérieur du faisceau de feu rougeâtre qui était visible à l'avant du vaisseau.

Susy Evans, au-delà de l'impressionnante vue panoramique de la planète entière, est restée quelques secondes à regarder l'homme qui effectuait quelques manœuvres sur un tableau qui serait le contrôle du vaisseau. La réalité est que jusqu'à ce moment-là, elle n'avait pas prêté plus d'attention à lui qu'à lui poser des questions, mais il était là, à un mètre de distance, et pendant un instant une pensée l'a prise et elle a pensé : "comme c'est beau de ne pas être humain", mais ensuite elle a secoué la tête comme pour dire : "à quoi pensez-vous, madame ? vous n'avez jamais voulu être avec Marlon Parl, le gars le plus sexy de la faculté, et puis vous avez l'air d'un idiot qui regarde un être d'une autre planète, wow ! quelle stupidité, madame de glace". Après s'être intérieurement réprimandée, elle le quitte à nouveau des yeux et ils sont sur le point de descendre au-dessus d'une grande montagne qui semble avoir été coupée à son sommet.

La vue était impressionnante, ce monde était clairement viable pour la vie, du moins ce type, si on peut l'appeler ainsi, le savait déjà, et d'après les déductions de Susy, il abritait probablement le mélange idéal de gaz pour respirer, sinon il ne serait pas en train de descendre. Une chose dont Evans n'avait jamais fait preuve, du moins sur terre, était d'être reconnaissant, mais lorsque le vaisseau se posa enfin sur la terre ferme, elle fit quelque chose qu'elle n'avait jamais l'habitude de faire avec sa famille. Sans dire un mot, elle se leva de son siège et se dirigea vers l'endroit où cet être était probablement en train de faire quelques ajustements finaux, et sans imaginer, elle fit quelque chose que dans ses pires cauchemars elle aurait voulu faire : elle l'embrassa. En effet, c'était quelque chose d'inconsciemment anormal pour elle, car elle n'avait pas montré d'affection à sa propre famille depuis des années, comme c'était sa personnalité, mais peut-être que le frisson de la scène l'a poussée à le faire. Il se figea et essaya de regarder de côté, mais regarda ensuite droit devant lui, rougissant peut-être. De toute évidence, il savait de quoi il s'agissait. Une race intelligente comme eux, ils connaissaient sans doute les sentiments. Ne voulant ou ne pouvant pas, mais ne disant rien, elle se retira rapidement et avant qu'il ne puisse peut-être lancer une réprimande cinglante, elle sortit du compartiment comme un enfant confiant.

Il est clair que Susy n'aurait pas fait cela devant sa famille, mais à l'intérieur, elle était comme toute femme qui voulait être aimée. En tout cas, c'est ce qu'elle a indiqué.

-Susy, tu as mis trop de temps. Je t'ai vue le suivre il y a quelques minutes, que s'est-il passé ? -Demande sa mère quand elle arrive. Evans, avec une excitation inhabituelle, a pris sa mère dans ses bras et lui a dit ce qui s'était passé et qu'ils étaient de retour sur la planète sains et saufs. Du moins pour le moment.

-Dieu merci, je pensais qu'on ne s'en sortirait pas, wow, survivre à cette apocalypse sur terre et atterrir sur un monde qui.....

-C'est magnifique maman, et apparemment la meilleure chose, on pourra respirer. C'est ce que j'ai compris de ce type.

-Et où est-il ? -Demande Annie.

-Il est resté dans la cabane, peut-être qu'on va y descendre maintenant.....

J'espère qu'il n'y a pas d'extraterrestres à deux têtes là-dedans", marmonne Aron en retenant un rire. Trop bon pour une telle situation, il s'est immédiatement fendu d'un sourire malicieux, mais celui-ci a vite été effacé de son visage lorsque le type s'est approché....

-Merci de nous avoir mis en sécurité, lui dit Annie sans réfléchir, la créature ne dit rien mais donne un regard d'indifférence à Susy qui le regarde avec des regards coupants. Puis-je savoir quel est votre nom ? demande-t-il encore.

-Ne sois pas confus, répondit-il, à tel point que même Susy fut absorbée. - Ma race n'est pas clémente envers qui que ce soit", énonça-t-il. Après ces mots peu amènes, l'être ouvrit la porte principale vers la sortie, mais pas avant d'avoir reçu quelques questions, une action qui n'était pas vraiment à son goût.

-Hey vous," intervint Evans, "êtes-vous sûr que nous pouvons respirer là-bas ?

Elle ne répondit pas, puis se mit à monter l'escalier en pente, l'air frappant de plein fouet le beau visage de Susy sur le bord de l'escalier, dont la première bouffée d'air provoqua une toux qui fit sursauter sa mère, mais tous se mirent à tousser impérieusement aussi, mais au bout d'une minute ils s'arrêtèrent. De toute évidence, il s'agissait de la même quasi-composition de la terre car cela ne s'est pas aggravé. Un par un, ils sont sortis. Le paysage de ce monde était merveilleux, même le joyau que l'on croyait être la terre languissait devant la merveille du monde qui se trouvait devant eux. Une végétation exotique et à l'horizon sur une plaine des dizaines d'animaux ailés très étranges de petites tailles. Un jardin d'Eden d'un autre monde, en quelque sorte.

Au bord du sommet de cette crête colossale, on pouvait voir la beauté d'un monde aussi colossal, et là, Susy et compagnie contemplaient les merveilles qui les entouraient. Mais c'est cette même vue qui les a hypnotisés pendant tant de minutes qu'ils n'ont pas réalisé que l'être n'était plus avec eux, et se préparait manifestement à quitter la planète. Lorsqu'elle et sa famille l'ont regardé par-dessus l'entrée du vaisseau qui s'élevait, leur sang s'est glacé. Non satisfait de leur action, l'être s'est mis à hurler d'en haut. - J'ai été trop clément avec vous et je ne le referai plus jamais, il ne tient qu'à vous de survivre en bas", dit-il, puis il referme l'écoutille et quitte la planète à une vitesse énorme dans une direction inconnue.

Susy Evans est perplexe. Derrière elle, sa mère et ses deux frères n'ont rien dit pendant peut-être cinq minutes. Son cerveau ne sait pas comment réagir après cette scène... wow, avoir parcouru des distances inimaginables pour se retrouver dans un monde inconnu qui, bien que beau à regarder au moins, attendait très probablement des horreurs.

Maman, dis-moi que c'est un rêve", dit l'un des jumeaux, tandis que l'autre regardait sa mère, incrédule devant ce qu'il vivait. Susy Evans avait le regard tourné vers le haut comme pour dire : "Non, non, pourquoi as-tu fait ça ? Pourquoi ? - Elle pensait qu'avec ce baiser qu'elle a donné à cet homme, elle l'avait mérité. Elle pensait qu'avec un baiser quelqu'un tomberait amoureux d'elle... loin de la vérité.

-Nous sommes au sommet de cette planète, du moins dans cette partie," commente Annie. -Si nous ne mourons pas sur terre ou dans l'espace, c'est déjà un profit," dit-elle en regardant autour d'elle, un paysage qui s'étendait sur des milliers et des milliers de kilomètres dans toutes les directions où ils regardaient. Peut-être, le grand pic de cette montagne avec sa végétation éparse et ses arbres s'étendait-il sur au moins un kilomètre à la ronde. Il n'y avait pas de danger évident autour d'eux, du moins pour l'instant, mais peu à peu, ils allaient devoir chercher un abri.

-Merde ! Ce bâtard nous a piégé, et je pensais qu'ils le feraient. ....

-Calme-toi, mon enfant. Il ne nous a pas trompés..., ce n'est pas notre faute s'il est resté avec nous, nous devrions être reconnaissants, hein !

-Je sais maman, corrigea-t-elle, mais, on ne sait pas ici et... mais tu as raison.

-Au moins, grâce à lui, nous sommes en vie. Pour l'instant nous devons trouver un abri, nous ne savons pas combien de temps durent les jours et à quelle distance se trouve la nuit... parce que regarde ! tu peux voir deux soleils, et une lune là-bas..." dit-elle en montrant l'horizon où l'on pouvait apercevoir deux énormes objets brillants comme des soleils et d'un côté une petite lune qui de cette distance ressemblait à ça, mais peut-être était-elle aussi grande que la terre.

-Vraiment, ma sœur, tu vois, là ! tout là-haut, dit Aron.

-J'espère qu'il ne fera pas nuit, ce serait terrible là bas où la végétation étrange et dense abonde, et aller savoir ce qu'il y a au fond de ces bois," dit-elle.

-Et bien, au moins nous pouvons respirer et nous sommes en vie," dit sa mère, qui marchait plus loin le long du bord de la crête comme si elle essayait de voir ce qui se trouvait au pied de la montagne.

Qui êtes-vous ?

-Il commence à faire un peu froid, maman", gémit John d'un air léger. -Je le pense aussi", dit Aron. -Il sera impossible de descendre aujourd'hui", dit Susy depuis le bord de la falaise colossale. - N'oublie pas, maman, que l'Everest tiendrait deux fois plus bas qu'ici, et comme ça a l'air, je pense qu'il nous faudrait au moins une journée pour descendre et ça pourrait être très dangereux. Heureusement ici l'oxygène est stable, ce n'est pas un problème et l'air n'est pas si fort, très rare cela. -Il a ajouté.

-J'ai peur des hauteurs, mais vous avez raison, ce n'est pas si facile que ça, dit-elle. -Ce qui m'inquiète, c'est... qu'est-ce qu'on va manger, il n'y a pas d'eau, du moins ici.....

-Nous ne pourrons pas non plus savoir si c'est le jour ou la nuit, je veux dire, si ces lunes ou soleils ne se cachent pas. Ce fils de pute nous a laissé... Je n'arrive pas à y croire, mais bon," marmonne Evans, s'éloignant du bord, sa mère répétant le geste.

A ce stade, peut-être le plus probable, il n'y avait plus de vie sur terre du tout. Il serait trop difficile pour un humain d'être là, dans une nouvelle atmosphère, à essayer de survivre, et d'être la seule famille humaine sur ce monde, encore plus. Susy Evans a pensé pendant un moment que le baiser qu'elle a donné sur le vaisseau serait un point en sa faveur, mais quel choc elle a eu ; laissée à elle-même. Après quelques heures, ils ont heureusement réussi à trouver un abri presque au milieu de cette montagne, et évidemment, ils se sont assurés qu'il n'y avait aucune trace de vie comme d'atroces insectoïdes parmi les feuilles pourries. La lumière ne baissant pas, ils n'avaient pas d'autre choix que de tenir compte de leur horloge biologique et de se reposer dans ce qui formait une mini-cave naturelle dans la roche ; un trou dans la roche d'environ deux mètres de profondeur. Ce qui, dans toute cette section, était de loin la zone apparente la plus sûre.

-Nous sommes presque au bord, mais.... Toute la zone ici sur la montagne est plate, il n'y a nulle part où se cacher... donc c'est ici que nous descendrons demain, je veux dire... si jamais il fait nuit. Avec un peu de chance, nous arriverons jusqu'en bas", dit Annie, un peu inquiète.

-La vérité est que nous ne pourrons pas goûter de nourriture pour l'instant, si nous en trouvons, de peur qu'elle ne soit empoisonnée ! -dit Evans, assise dos au rocher. Les jumeaux sont en position fœtale, probablement parce que c'est la meilleure position pour se protéger du froid.

Essaie de te reposer, maman", dit-elle.

Et là, allongée sur le sol rocheux, elle regarda ce qu'on pouvait voir du ciel orange en arrière-plan, en pensant à beaucoup de choses ; son ancienne vie dont on ne pouvait que se souvenir, elle ne pouvait plus rêver d'amour, encore moins d'avoir des enfants, maintenant il s'agirait seulement d'essayer de survivre, et à ce moment-là, elle regrettait de n'avoir jamais eu de petit ami ou d'avoir vécu comme les autres filles de son âge. Rien. Maintenant, elle ne pouvait plus revenir en arrière et revivre tout cela. Elle savait maintenant que la grande position économique qu'elle avait eue ne valait rien, que tous les millions qu'elle avait amassés n'étaient rien. Elle finit par fermer les yeux et s'endormir.

"Combien de fois as-tu rêvé que tu étais heureuse, se dit Susy dans son rêve, et même si tu avais tout, il y avait toujours cette chose inexplicable qui te faisait sentir que tu n'étais pas heureuse. Parfois on a tout, mais même alors on n'est pas heureux, parce que le bonheur est en mouvement, il n'est jamais statique. Je ne vous mentirai pas en disant que lorsque vous avez atteint un objectif ou un rêve, vous vous demandez généralement si ce bonheur est dû au fait que je me suis battu si fort, si cela valait la peine d'avoir cette sensation éphémère, et quelle est la prochaine étape ? et oui. J'ai ressenti ça, je pense que c'est ce que celui qui a fait ça nous a fait. Et peut-être que tout ça c'est pour qu'on ne reste pas assis à attendre la manne du ciel... il fallait un faux bonheur, ou du moins un sentiment de bonheur passager qui ne reste jamais, pour que le monde tourne rond.

Comme mon grand-père Mark avait l'habitude de dire : "la vie est comme un livre, elle a de mauvais chapitres et de bons chapitres, de mauvais personnages et de bons personnages", et en cela je pense qu'il avait raison. Tant de fois dans le passé j'ai pensé au suicide parce que je n'arrivais pas à obtenir le bonheur qu'ils vendent tant à la télévision, jusqu'à ce qu'un matin je me sois dit : n'importe quoi Susy, attendre que quelqu'un te fasse sentir des papillons dans l'estomac ; c'est stupide, de croire qu'une fois que cette personne apparaît, tu seras automatiquement heureuse. Bah ! c'est pour ça que j'ai renoncé à tout ce qu'on appelle sentiments, et je pense que c'est mieux ainsi... combien de grands personnages de l'histoire, comme Nicola Tesla qui ne se sont pas mariés, sont même morts vierges et la fin du monde n'a pas eu lieu, qu'est-ce que ça peut me faire ? Rien ne fait de différence dans le chaos, que tu sois un personnage ou une personne, tout continue de la même façon...

Alors qu'elle rêvait paisiblement, un bruit à l'extérieur de cet abri rocheux la réveilla soudainement, elle tourna la tête et sa mère et ses frères et sœurs dormaient toujours, alors lentement, très lentement elle se leva et jeta un coup d'œil à l'extérieur ou du moins essaya d'en jeter un, car celui qui avait fait ce bruit venait du sommet de la montagne où ils se trouvaient. Un animal de ce monde pourrait-il être, se demanda-t-il avant de sortir sa tête du côté gauche. A sa grande chance, il n'y avait rien. Le monticule rocheux abrité était pratiquement la seule chose qui dépassait de la montagne et il faisait peut-être 2 mètres sur 2 mètres de long et 2 mètres de large, une minuscule grotte naturelle et quelques arbres éparpillés le long du sommet. Remarquez, les arbres de ce monde n'étaient apparemment pas si différents de ceux de la Terre. Enfin, du moins ce qu'ils avaient vu, sauf qu'ils avaient des feuilles beaucoup plus plastiques on pourrait dire, mais en théorie, ils étaient essentiellement constitués des mêmes troncs, semblables à ceux de la terre.

Susy se dirigea lentement vers la sortie, elle savait que le bruit était venu près de là où ils étaient, il ne venait sans doute pas du pied de la montagne où se trouvaient les immenses forêts, car c'était un son contigu. Il marchait lentement, regardant dans toutes les directions, il ne pouvait même pas s'armer d'un bâton ou d'un rocher car il n'y avait rien, ce n'était que de la terre, une terre rougeâtre cuivrée, alors il continuait à avancer dans ce terrain découvert qui, en soi, ne présentait aucun danger apparent. Le fait est qu'il n'y avait aucun moyen pour une bête de se cacher derrière l'un des rares arbres feuillus, pour la plupart petits. Elle ne s'éloigna pas de plus de 50 mètres de la grotte, mais lorsqu'elle renonça à aller plus loin, alors qu'elle faisait demi-tour et revenait vers la grotte, une silhouette féminine émergea de l'abri rocheux à l'autre extrémité de la montagne, ressemblant fortement à une humaine, évidemment pas à un humain ou quoi que ce soit, c'était quelque chose de différent. Susy est restée immobile et a regardé la femme ressemblant à une amazone s'approcher et passer la grotte. Au début, Evans était inquiète, mais comme elle s'approchait d'elle, son instinct de survie s'est manifesté et elle a crié en essayant de contenir sa peur.

-Qui êtes-vous ? - J'espère que je ne vous ai pas dérangé par notre présence... excusez-moi, mais un garçon nous a abandonnés ici sur un navire. - mentionna-t-elle précipitamment comme si elle pensait que cela allait la sauver.

Après avoir entendu cet amas de sons étranges, la belle créature d'apparence humaine s'arrêta. Il la regarda de la tête aux pieds, elle était vêtue d'une sorte d'habit comme certaines tribus de l'est du Soudan ; à moitié nue. Sauf que ses yeux étaient complètement émeraude, sans iris, entièrement recouverts. C'est peut-être cette apparence qui la distinguait d'Evans. Évidemment, sans parler du fait de la musculature accentuée. Il la regarda de la tête aux pieds pendant quelques secondes, à une distance de huit mètres tout au plus. De toute évidence, elle n'était pas une sorte d'autochtone de ce monde ou autre. Après avoir fait cela, il s'est retourné et a dit dans une langue archaïque similaire à ce que l'intelligence artificielle avait parlé sur le vaisseau du starman.

Susy n'a rien compris et est restée silencieuse sans lever le petit doigt. Immédiatement après, ce que l'étranger a dit l'a laissée sans voix :

-J'ai tout regardé... elle les a laissés à l'abandon.

-Vous parlez ma...

-Nous pouvons parler n'importe quelle langue de n'importe quelle civilisation, car nous sommes tous implantés avec les langues des étoiles, dit-elle de manière inattendue.

-Mais qui sont-ils ?

-J'ai tout regardé. Je vois, il les a quittés, et pour autant que je puisse voir, il s'est également enfui. - Il lui indiqua qu'il lui tournait le dos.

-Et savez-vous qui il est ? - demanda Evans, essayant de savoir qui diable il était, car de toute évidence cette fille était de la même race que l'homme des étoiles, et d'après ce qu'il sentait, elle ne représentait pas un danger égal pour eux pour le moment.

-Le Prince de Baryus. -Elle s'exclama d'un ton froid comme si elle détestait cet homme.

-Baryus ! -Susy chuchota pour elle-même, "un prince ? -Elle oublia de chuchoter, mais cette fois un peu plus fort, pour que même l'étranger l'entende.

-Un prince qui a été trahi par les siens.

-Quoi ? -Evans marmonna, tout cela a un sens, pensa-t-il, "Je comprends pourquoi il a fui la Terre," dit-il, "et qui êtes-vous ? - demanda-t-il. Il n'avait pas beaucoup de temps pour assimiler les choses aussi dérangeantes et incroyables qu'elles étaient. Il voulait tout savoir avant de laisser passer sa chance.

-J'étais sa fiancée, mais il a osé me trahir, le salaud. -Elle avait avoué, en accentuant les mots d'un ton furieux.

Pourquoi a-t-il fait ça ? -Il s'est demandé, -Je vois que et....

-Tu ressembles à ces créatures que je regardais avant que les Baryus ne partent à la conquête des étoiles il y a quelques temps. -Il a commenté en regardant par-dessus son épaule. À ce moment-là, Susy essayait de comprendre toutes les informations que l'étranger lui donnait, lorsque sa mère Annie l'interrompit, stupéfaite, à la sortie de la grotte.

-Qui est-elle, ma fille ? - demanda-t-il en haussant la voix.

-Ne t'en fais pas, elle me dit des choses, ne t'approche pas de moi.

-Je ferais mieux d'y aller, dit l'inconnue, attendez, savez-vous comment trouver de la nourriture et de l'eau, s'il vous plaît, j'aimerais... Avant qu'elle n'ait fini de dire cela, l'inconnue courut vers la falaise et sauta, un acte qui laissa les deux humains bouche bée.

Comment a-t-elle fait ça ? -cria Annie qui s'approchait avec les jumeaux à Susy qui était encore choquée par ce qu'elle avait entendu.

-Tu as regardé ça, ma fille ? demanda-t-elle à nouveau, la respiration se faisant par courtes respirations.

-Il ne vole pas, n'est-ce pas ? -Répondirent les jumeaux en chœur.

Je ne sais pas... ! Il n'avait pas d'ailes", répondit-elle, puis Annie marcha jusqu'au bout de la falaise pour s'assurer que c'était bien réel et non le produit d'une hallucination collective.

-Oh, mon Dieu, ça me donne le vertige de penser qu'elle s'en est sortie vivante après avoir sauté de la falaise.

-C'est comme lui, maman," cria Susy, à environ quatre mètres de sa mère.

-Quoi ? Le bel homme sur le bateau ?

-Je ne sais pas s'il est beau, je n'ai pas remarqué, mais il m'a dit qu'ils parlent beaucoup de langues et qu'il est de la même race.

-Elle ressemblait à une de ces amazones qu'on voit dans les films...

-Oui, Dieu merci, il ne nous a pas fait de mal, mais... il m'a dit que le petit homme des étoiles était un prince qui a été trahi par son propre peuple, avoua Susy en s'approchant de sa mère et derrière elle de ses frères.

-Nous avons assez dormi pour l'instant, nous ferions mieux d'aller chercher de la nourriture et de l'eau", proposa-t-elle.

-Oui, elle a raison, si cette femme ne nous a pas fait de mal, je doute qu'elle nous fasse du mal en bas, je veux dire, si elle n'est pas morte après cette chute," dit sa mère.

Il n'y avait pas d'autre choix que le danger, ils en avaient eu assez en si peu de temps pour craindre de descendre cette montagne colossale, c'était le moindre des soucis maintenant. Au moins, s'ils mouraient, disait la voix intérieure de Susy, c'était déjà un gain. Ce n'était pas une tâche facile que d'atteindre le fond de cette forêt inconnue. Au plus, c'était 7 heures de géographie dangereuse dans laquelle, à plus d'une occasion, ils ont failli mourir en tombant dans le vide. Mais ils étaient là, à la fin, au fond, se sentant comme des proies face à l'inconnu, où peut-être le regard avide de tout prédateur les observait pour les tuer.

-J'ai l'impression qu'on nous observe dans le sous-bois", commenta Susy en regardant sans cesse autour d'elle. John et Aron marchaient d'un pas hésitant aux côtés de leur mère, comme s'ils étaient des bébés, car le fait d'appartenir à la classe supérieure du Texas les privait de nombreuses libertés des autres classes sociales, et ce n'était pas une très bonne chose dans cet endroit, car ils ne savaient rien faire par eux-mêmes.

-Tu as raison, chérie, c'est perturbant ! -Même ici, même si les vues d'où nous étions étaient incroyables.

-J'espère juste qu'on n'aura pas une bête de cet endroit ! -Il a prévenu.

Le premier exécuté

-Regardez ! de l'eau, s'écria l'un des jumeaux en s'avançant vers une étendue d'eau jaillissant d'un ruisseau.

-Dieu merci, pendant un instant j'ai cru que nous n'en trouverions jamais", dit leur mère.

-Mais il serait illogique qu'il y ait de la végétation et pas d'eau, et pour autant que je puisse voir, elle est claire comme du cristal," dit Susy, s'approchant et se penchant pour la toucher et être la première à la boire.

-Je vois qu'ils se préparent à descendre", entendit-on une voix féminine éclater derrière eux, posée au sommet d'un arbre étrange et énorme ressemblant à un figuier. Leur choc fut minime, et ils se tournèrent vivement vers l'endroit d'où venait la voix.

-Vous... ! Vous," s'écria Evans, "vous encore.

-Vous vous attendiez à voir celui qui les a abandonnés ? -Dit la femme avec sarcasme en faisant un petit sourire.

-Non. J'ai juste... j'ai juste pensé que...

-Qu'est-ce que tu pensais ? Que je partirais ? Non non, cet endroit est le plus sûr de la planète, en sortant de cette forêt le danger augmente, donc je préfère rester dans le cercle de sécurité. -Il a ajouté avec une intonation plutôt ironique.

-Qu'est-ce qu'il y a en dehors de la forêt ? -D'en haut, c'est juste une vue verte," demande Annie.

-Ça n'a pas d'importance, juste... rien", pointa l'inconnue sans finir sa phrase, puis elle lâcha un fruit rare qu'elle était en train de manger et fit un bond d'environ deux mètres de là où elle se trouvait pour atterrir devant eux. -Je vois qu'ils vont rester ici un moment," marmonna-t-elle.....

-Oui", hésita Susy, "nous n'avons pas le choix, et... es-tu le seul à vivre ici ? ajouta-t-il.

Elle n'a pas répondu et s'est contentée de secouer la tête. Sa beauté était extraordinaire, plus qu'évidente la première fois, mais la voir à quelques mètres était incroyable, couplée à son tonus musculaire accentué, elle donnait l'impression par moments d'être une guerrière prodigieuse de quelque race qu'elle soit. Elle dépassait facilement les 1,80 et son port était intimidant, évidemment Susy n'était pas quelqu'un d'aussi fragile comparé à un humain, mais cette femelle était prémonitoire au moins dans sa physionomie, qu'à côté d'elle semblait intimidante.

Elle leva les yeux vers le ciel orange à travers la dense canopée des arbres. -Il va bientôt faire nuit, viens avec moi, dit-il, puis il se tourna vers sa gauche et se dirigea vers un chemin qui était caché dans la végétation dense de leur côté.

Qu'est-ce qu'on attend ? Allons-y ! - commandèrent Susy et les autres en la suivant d'un pas régulier sans même y penser avant que l'étranger ne se perde.

-Et bien ! on dirait qu'elle a fait ce chemin, elle connaît sûrement très bien l'endroit, et....

-Et donc il y a de la nourriture, maman," marmonna Evans qui était en tête, mais qui n'arrivait pas à suivre la femme qui avançait facilement sur le chemin entouré d'arbres et difficile d'accès, et un peu plus sombre à cause du nombre dense d'arbres réunis qui couvraient le ciel et empêchaient les rayons de lumière de filtrer. Partout où l'on regardait, cet endroit ressemblait au décor d'un film sinistre. Heureusement, ce n'était qu'une question de minutes dans la perception des humains et de suivre les traces de l'étranger.

Quelque temps plus tard

-En tout cas, je crois que nous y sommes, mère, dit Evans, cela ressemble à une hutte ou.....

C'est là que vous resterez", s'exclama la voix grave de la femme par-dessus une branche d'arbre, ce qui leur glaça le sang pendant un instant et ils eurent l'impression d'être dans la fosse aux lions, mais heureusement ce n'était qu'une frayeur.

Je ne les mangerai pas", cria-t-elle à nouveau, puis elle descendit et marcha jusqu'à l'endroit où se trouvait un vieux bâtiment rudimentaire qui, à première vue, semblait être ce qui restait d'une étrange maison à un étage, sans fenêtres, avec seulement une entrée en forme d'étoile qui serait la porte, mais qui avait l'air très, très vieux. Susy et sa famille sont restés à quelques mètres de la maison, peut-être avaient-ils encore un certain sentiment de "et si elle voulait nous tuer".

-Hey ! écoutez, nous ne pouvons pas encore lui faire confiance, il est très... il a quelque chose à...

-Je sais chérie, mais nous devons manger. Tu as entendu ce qu'il a dit, qu'il allait faire nuit, ça veut dire qu'il va bientôt faire nuit. Dans cette région, on ne peut pas voir les rayons des soleils qui étaient là.....

-Avant même qu'Evans ait pu finir sa phrase, la femme est sortie de la hutte avec un vieux sac en cuir et une longue dague qui a fait sursauter tout le monde.

-Tu as vu ça, maman ? -Elle va nous tuer", dit l'autre. Sa mère déglutit, et Evans se retint de crier. -Voilà," dit l'étranger, s'approchant à un demi-mètre d'eux.

- Une épée ! -Susy s'exclama doucement.

-Leur sécurité est à vos frais. D'ailleurs, ils auront besoin de manger, et de se défendre contre eux.

-Qu'entendez-vous par eux ? -Evans avait demandé sans réfléchir, déconcertée. Elle avait pensé que c'était suffisant pour lui donner un peu de paix après une odyssée de dangers, et pourtant entendre cela lui donnait la chair de poule, et pas seulement elle, sa mère la regardait d'un air dubitatif comme pour dire : "Oh Dieu, encore des surprises !".

Immédiatement, l'inconnue sortit du cercle où se trouvait la cabane, qui était le seul cercle ouvert de végétation autour d'eux, et s'enfonça immédiatement dans la forêt, non sans avoir d'abord ignoré les questions qu'Evans lui lança avant de disparaître.

-Qu'est-ce qui manque, il commence à faire sombre avec la faim et... ne soyons pas dangereux", suggéra Evans, non sans avoir ramassé la lame de métal rare qui gisait sur le sol, avant de pénétrer dans la cabane avec sa famille.

La première chose qu'ils remarquèrent à l'intérieur fut d'étranges objets en pierre, comme s'ils appartenaient à une tribu de cette planète, comme si même ce qui restait de cette hutte encore debout avait fait partie d'une colonie d'il y a des milliers ou des centaines d'années.

-Ces choses étranges... elles ressemblent à... des ustensiles utilisés dans les temples hindous, dit Annie.

-On dirait un vase là-bas", indique Evans en désignant le fond du coin où se trouvent des récipients de différents matériaux recouverts de feuilles et de morceaux de brindilles sèches.

-Le fait qu'il n'y ait pas de fenêtres me rend claustrophobe", commente sa mère en regardant le toit en forme d'entonnoir à l'intérieur dans la faible lumière.

-Hé maman, il commence à faire vraiment sombre", commente l'un des jumeaux à la porte de la hutte préhistorique de quatre mètres sur quatre, tandis que les autres explorent.

-Nous venons d'entrer et déjà... il fait nuit très vite.

-C'est ce qu'on dirait. En plus, souviens-toi de ce qu'elle a dit, qu'ils ! Je me demande ce qu'elle voulait dire par là, nous ferions mieux de fermer la porte, suggéra sa fille.

- Voici quelque chose qui pourrait servir à la couvrir, dit Aron, qui s'efforçait, dans l'obscurité du fond, de soulever quelque chose qui ressemblait à une épaisse planche de bois circulaire qui couvrirait facilement l'entrée en étoile d'un mètre sur deux.

De toute évidence, cet endroit a déjà été utilisé par l'étranger, car il y avait des pelures séchées d'aliments ressemblant à des fruits éparpillés partout.

Après avoir couvert l'entrée, tout est devenu noir, car ils n'allaient pas attendre qu'il fasse nuit pour voir quelles créatures étranges de la forêt allaient sortir. Pas question de prendre le moindre risque.

Des dizaines de pensées tourbillonnaient dans l'esprit de Susy Evans, blottie avec sa famille au milieu d'une forêt isolée qui commençait à devenir particulièrement effrayante avec des bruits et des hurlements de différentes sortes, très probablement de prédateurs et de bêtes originaires de la région. Il avait peur de fermer les yeux. Elle voulait en quelque sorte être comme ses jeunes frères et sœurs qui s'endormaient rapidement et dormaient à côté de leur mère. C'était le revers de la médaille d'être si prudente sur tout depuis qu'elle était responsable de Martions Energy au Texas. Elle avait toujours été comme ça, malgré le fait d'être une femme froide et méprisable, elle aimait faire les choses correctement et elle ne faisait pas exception ici. Elle voulait garder sa famille en vie, la seule chose qui lui restait. L'idée d'une vie heureuse était passée au second plan, il s'agissait maintenant de survivre aussi longtemps que possible.

Soudain, alors que les pensées allaient et venaient, des bruits sinistres ont commencé à être entendus autour des arbres entourant la hutte. Les bruits revenaient et repartaient, comme si quelque chose était proche, puis s'éloignaient. Puis il y avait des bruits de corbeaux et de bêtes qui lui glaçaient le sang. Quelque chose était dehors, de cela elle était de plus en plus certaine. Parfois, cependant, elle voulait mettre cela sur le compte de ses nerfs.

Ce ne sont pas des prédateurs, murmurait une petite voix intérieure, c'est juste qu'avoir à supporter l'assaut de quoi que ce soit était suffisant, dans une telle situation de faim et de soif, et au milieu d'un monde inconnu ; c'était trop. Soudain, les murmures et les échos cessèrent pendant quelques secondes, mais la symphonie de l'horreur était présente lorsqu'un bruit au pied de la porte se fit entendre, c'était comme le grognement d'un loup, mais cent fois plus terrifiant. Susy n'a même pas respiré, à cet instant elle s'est sentie mourir, elle a appuyé son doigt sur le dos de sa mère qui était en position fœtale à côté de ses frères, elle s'est réveillée et avant qu'elle puisse dire un mot Susy a couvert sa bouche ;

Quelqu'un est dehors", murmura-t-elle, horrifiée, en essayant de se contenir. Sa mère comprit la situation et garda le silence, et du mieux qu'elle put, elle se redressa et s'appuya contre le mur de bois.

Mais ce qui était dehors était toujours là, sûrement en train d'analyser les nouvelles odeurs, et probablement avide de viande de toute sorte.

En fait, pendant toutes les heures qui ont précédé leur séjour dans la hutte, ils n'ont jamais vu d'animaux terrestres dans les environs, bien que la forêt semble soutenir une énorme chaîne alimentaire. La seule chose qu'ils ont vue, ce sont des dizaines de petits oiseaux abstraits qui volaient dans le ciel, mais qui, en théorie, ne représentaient aucun danger en raison de leur taille.

Il y a quelque chose derrière la porte", marmonna-t-elle une fois de plus, et la réponse de sa mère, une poignée de main, témoignait de l'horreur. Ses frères étaient encore endormis, mais c'est devant l'imminence de la menace qu'Annie décida de les réveiller de la même manière que sa fille l'avait fait pour elle.

Susy saisit la dague, qui était presque émoussée, mais qui serait utile pour un bon coup, mais c'était toujours bien mieux que de ne rien avoir du tout. Elle ne voulait pas s'asseoir de peur que, si c'était des bêtes, elles sentent son sang et attaquent. Attendre serait la meilleure chose à faire, pensa-t-il, chercher les yeux du chat ne serait pas une bonne idée, et encore moins en étant derrière une hutte fragile, au moins ce qui était dehors n'était pas des êtres intelligents s'ils étaient déjà assiégés et sous le feu. Mais même ainsi, il n'y avait aucune certitude que ce qui était à l'extérieur n'allait pas défoncer la porte circulaire qui servait de porte, qui n'était arrêtée que par un lourd rocher à sa base. De plus, s'ils entraient à l'intérieur, il n'y avait aucun moyen de passer par l'arrière, qui était dense avec une végétation ressemblant à des bambous. Le seul moyen de sortir était l'entrée.

La plupart des gens pensent qu'ils seront toujours dans le confort de leur propre maison, et c'est exactement ce que Susy pensait, et elle a eu du mal pendant un moment à tout encaisser. Elle a pensé un instant que c'était un cauchemar qui n'était pas encore terminé et qu'elle était sur le point de terminer, mais quand elle est revenue à la réalité, elle savait que cela ne faisait que commencer. Comme elle aurait aimé être couchée dans son lit sur terre, mais c'était quelque chose qu'elle ne vivrait plus jamais. La résignation face à tout, lui disait la petite voix de la raison.

Avant qu'ils n'aient pu prendre conscience de tout cela, une voix étrange retentit au dehors, peut-être de l'endroit où la hutte avait été aperçue la première fois que Susy l'avait regardée, et aussitôt des rugissements féroces se précipitèrent vers cette voix, car peu à peu des pas galopants et des rugissements s'éteignirent. ....

-Silence mes enfants, est-ce que tu vas bien, ma fille ?

-Oui maman, dit Susy en faisant passer sa salive, quelle était cette voix ? Les bêtes ont disparu, comme si quelqu'un les appelait, mais.....

-Juste l'idée qu'ils soient des bêtes sauvages ou qui sait ce qu'ils sont, me donne la chair de poule, dit-elle, tandis que ses pupilles errent dans l'obscurité, à ce moment-là même les athées imploreraient leurs dieux.

-J'espère juste qu'ils ne reviendront pas," chuchota sa fille.

-Je vois que tu n'as pas dormi, ma chérie, je vais faire le guet, je vais te réveiller, allez, dors ! -suggère sa mère en répétant la même chose à ses jumeaux, un ordre auquel ils obéissent. Cependant, il était très difficile, voire impossible, pour elle de dormir après avoir écouté une scène aussi effrayante. Ne croyant pas qu'elle allait s'en sortir, Susy s'est complètement endormie.

Quelques heures plus tard

-Chéri, réveille-toi ! -Chéri..." dit Annie plusieurs fois jusqu'à ce que Susy ouvre les yeux et s'exclame. -Mère, quoi, quoi, quoi ?

-C'est le matin ma chérie, apparemment dans ce monde les nuits durent au maximum dix heures.

-Mais as-tu dormi ? Quand ai-je... ?

-Oui, ne vous inquiétez pas, je me suis rendormi pour quelques heures de plus.

-C'était horrible, maman, tu ne penses pas, ce qui s'est passé la nuit dernière ?

-Oui. C'était horrible, mais Dieu merci, nous allons bien. Maintenant, nous devons juste trouver de la nourriture, parce que nous n'avons pas mangé depuis au moins deux jours.

-Bien sûr, oui", répondit-il, puis il salua ses frères d'un "bonjour tontines" et ceux-ci répondirent par "bah, mensa".

Mais quelque chose d'autre les attendait, et ce n'était pas de petites surprises. Déjà la lumière des soleils passait par les fentes du toit de la cabane pour les avertir que c'était un nouveau jour. Et lorsqu'ils eurent enfin le courage d'ouvrir l'entrée, une scène d'horreur apparut devant leurs yeux, comme s'il s'agissait d'un cauchemar sanglant sans fin. Devant eux, de l'autre côté d'un cercle d'environ huit mètres où il n'y avait aucune végétation et d'où l'on apercevait un arbre feuillu comme un précédent figuier, gisait le corps pendu face contre terre et inerte de l'étrange femme qui les avait aidés la veille. Son cadavre était sévèrement battu et son sang coulait à travers ses bras encore frais. Ils n'avaient pas fait un pas dehors que déjà la terreur les accueillait devant une scène aussi spectaculaire.

Susy était abasourdie et ne voulait même pas bouger, pas tant à cause du choc de la vue du cadavre de l'inconnu, car elle savait qu'un homme mort ne faisait rien. La terreur qui l'avait stupéfaite était les êtres qui entouraient l'énorme figuier ; des êtres semblables à l'homme-étoile les fixaient, manifestement ils venaient pour eux ou peut-être allaient-ils connaître le même sort que l'étranger. Peu importe ce qu'ils étaient, c'étaient des chasseurs, et ils ne partiraient pas indemnes. Susy saisit fermement la machette ou quoi que ce soit d'autre, cette fois il n'y avait pas d'option pour courir car il y en avait sûrement d'autres éparpillés autour et ils les rattraperaient. Au moins dans son horreur il y avait déjà de la résignation, enfin au moins en elle et sa mère, c'est juste que quand on est très jeune comme ses frères jumeaux, peut-être qu'au fond d'eux-mêmes ils pensaient qu'ils étaient trop jeunes pour mourir. Vous savez, nous passons tous par ces moments de jeunesse où nous idéalisons l'amour dans des choses comme : nous trouverons une petite amie, nous étudierons, puis nous nous marierons, nous aurons un bon travail, des enfants ? Tout cela, même si, en réalité, peu d'entre nous y parviennent. Nous y avons tous pensé à un moment donné, c'est la vie et je pense que nous passons tous par ces idéalisations, ces rêves tristes, ces peurs...

Ils n'ont même pas pensé à essayer de fermer l'entrée du portail, il serait impossible de lutter contre ces êtres. Alors Susy a eu l'idée : "Si je dois mourir ici, que ce soit au moins en combattant". On ne peut pas dire qu'elle avait la moindre idée de ce qu'était le combat, elle était forte, mais inutile dans ce genre de situation.

Je vous aime tous", dit Annie à voix basse en serrant les deux jumeaux contre son lit. Susy, un pas devant elle, répondit : "Je vous aime aussi, au moins ensemble jusqu'à la fin", leur fit-elle savoir à voix basse, tandis que des gouttes tombaient de leurs yeux comme une brise d'été. Soudain, de derrière l'énorme arbre ressemblant à un figuier, un être habillé différemment des autres émergea, peut-être le chef ou le meneur des chasseurs qui portaient généralement des vêtements moins sombres semblables à ceux du roi scorpion. Il s'est dirigé vers le cadavre et, avec son épée, a coupé la corde de la branche, et le corps est tombé avec un léger mouvement de rebond jusqu'à ce qu'il soit mou.

Puis il a jeté un regard intimidant vers Susy. Il savait ou du moins sentait que ce serait la fin, alors la peur qu'il lui restait devait être utilisée pour au moins mourir dignement. Elle savait qu'elle ne pouvait pas faire grand chose, mais la peur ne vous sauve pas ou ne vous fait pas vivre plus longtemps, cela n'avait pas d'importance dans ces moments-là. Après avoir avancé de quelques mètres, le leader a atterri devant eux, il a immédiatement regardé par-dessus son épaule et a désigné le corps, et dans sa langue, il leur a parlé, quelque chose qui les a laissés sous le choc à nouveau.

-Vous avez eu de la chance, la femme que vous voyez ici exécutée n'est autre que le chef de la rébellion. La bouche sèche, Susy essaya d'avaler de la salive et de pouvoir assimiler ce que l'homme lui avait dit. Mais, alors qu'elle allait tenter de répondre, l'être reprit :

-Nous avons été envoyés par Kery, le roi des Baryus. Nous sommes une faction de son armée qui ne s'est pas rebellée, mais nous lui sommes fidèles... il nous a envoyé chasser il y a quelques jours celle qui a réussi à s'enfuir sur cette planète, nous avons tué ses complices quelques jours auparavant, et il ne restait qu'elle. Récemment, nous avons reçu un signe de notre majesté nous demandant de ne pas nuire... à vous. Parce que si nous n'avions pas reçu cet ordre, vous auriez connu le même sort que cette femme exécutée.

-Susy était hésitante, pensive, comme si elle se disait : "Eh bien, le petit homme avec les étoiles est le roi, et grâce à lui ils ne nous feront pas de mal", puis elle s'est exclamée : "Merci, mais... que vont-ils nous faire ? Je ne sais pas si elle était aussi mauvaise qu'on le dit, mais elle nous a aidés hier. -Il a répondu.

-Notre ordre était de l'exécuter, et c'est fait... coupez-lui la tête," une voix se fit entendre en arrière-plan alors qu'un autre soldat poursuivait l'action, le chef reprit en regardant vers elle. -Vous allez venir avec nous, ce monde sera probablement anéanti si vous ne la trouvez pas, alors bougez", leur avait-il ordonné fermement.

Est-ce qu'il t'aime bien ?

La scène était derrière eux. Avec toute la peur encore dans leur corps, Susy et sa famille, sans opposer aucune résistance, ont été emmenés dans une paire de vaisseaux à des centaines de mètres de là. Il y avait beaucoup d'êtres semblables à l'homme des étoiles à l'intérieur de ceux-ci, mais évidemment, ils n'avaient pas son aura de mystère et de beauté, et cela le rendait différent. Évidemment, à partir du moment où Susy l'a regardé, elle a su qu'il était différent des autres, enfin, au moins dans l'apparence physique c'est ce que cela dénotait. La flottille était composée de cinq vaisseaux allongés en forme d'œuf, et ils étaient beaucoup plus grands que celui du petit homme, et étaient suspendus au-dessus de la cime des arbres de la forêt à l'intérieur des terres. Pendant un moment, il y a eu de l'angoisse parmi eux, après qu'ils aient été séparés. Annie et les jumeaux dans l'une et Susy portée dans l'autre. Mais elle les a calmés en disant : "S'ils avaient voulu les tuer, ils l'auraient déjà fait, et être en vie était déjà un gain.

Quelque temps plus tard

-Si c'était le père du prince Kery, vous ne le diriez pas humain," dit une voix venant des côtés de l'intérieur d'une section du vaisseau qui était presque complètement sombre, à l'exception d'une lampe tintante qui prévalait. Susy ne dit rien. Elle est restée immobile, les jambes jointes et les mains jointes, comme lorsqu'elle testait les candidats à des postes importants et qu'elle se sentait supérieure en les humiliant, quelque chose comme ça, mais à l'envers maintenant. Elle sentait que c'était entre ses mains, elle ne pouvait pas être courageuse, du moins pour l'instant, même si son caractère explosif voulait parfois jeter un sort à ces êtres maléfiques auxquels son esprit avait pensé. - Bien que je ne comprenne pas l'intérêt de Kery, maintenant qu'il est roi, à les laisser en vie, répondit à nouveau la voix de l'ombre, mais cette fois avec un ton plus ironique et mordant. De toute évidence, la voix féminine du Baryus n'aimait pas l'idée de prendre l'humain à bord.

Es-tu muet ? répète-t-elle. Cette fois, elle s'est rapprochée jusqu'à réussir à sortir de l'obscurité où cette lumière tintante éclairait Susy, qui avait l'air abattu, mais toujours attentif à cette voix. Ses yeux s'élargirent comme des soucoupes et elle la regarda. Et oui, elle était exactement de la même beauté que la femme qui avait été assassinée là-bas sur la planète Kepler, sauf que cette fille se distinguait par ses cheveux roux et ses yeux violets ; une beauté beaucoup plus exotique. En fait, elle ressemblait un peu à Shania Twain de Any Man of Mine, mais avec une taille de plus d'un mètre quatre-vingt, et avec le même style guerrier que la fille des étoiles.

Puis-je vous demander quelque chose, marmonna Evans entre ses dents, la guerrière s'est retournée et a pensé à quelque chose, puis s'est retournée et a atterri devant elle, et sorti de nulle part, lui a donné une gifle qui a immédiatement fait tressaillir Evans, et alors qu'elle était sur le point de se lever, une voix provenant de la cabine a appelé la chasseresse qui était habillée d'une tenue similaire à celle de Xena la princesse guerrière, mais toute noire. Avant de quitter sa présence, elle lui lança un regard hautain et hautain, comme pour dire : " J'espère ! Que Kery ne t'aime que pour te sacrifier aux dieux. -Susy déglutit difficilement, se retenant du mieux qu'elle pouvait. Elle n'était pas non plus en mesure de faire une scène après la pitié dont le petit homme avait fait preuve à son égard jusqu'à présent.

Susy a perdu la notion du temps après être restée assise pendant un long moment. Dans l'obscurité totale et sans accès à l'extérieur, il était même difficile de calculer les distances, mais après tout, à un certain moment, une cessation du bruit, peut-être celui des moteurs, lui indiqua qu'ils étaient arrivés à l'endroit qui était la destination de ces êtres. À ce moment-là, la peur s'était dissipée, mais une question continuait de la tarauder : " Quel était l'intérêt de l'homme-étoile à la garder en vie ? ". Peut-être était-ce de la chance, ou comme le disait l'un de ses frères, peut-être seraient-ils la risée d'un cirque dans le monde où ils étaient arrivés. Mais il essayait d'être optimiste, ils avaient déjà été sauvés trois fois, et il pensait qu'une quatrième fois ne ferait pas exception.

Lorsque les écoutilles du vaisseau s'ouvrent enfin, un monde aride, très différent de Kepler 45, apparaît devant Susy. Il semblait dépourvu de vie. Elle ne s'attendait pas à une telle chose, après avoir vu le monde merveilleux sur lequel elle se trouvait quelques heures auparavant, mais une petite voix en elle lui disait : "Arrête tes conneries Evans, si tu sauves ta peau avec ton peuple, le reste suffira".

Il était en train de mourir de faim et de soif. Cela faisait plus de deux jours terrestres sans manger et un jour sans eau. Par moments, il imaginait un hamburger avec une double portion de viande accompagnée de frites et d'une généreuse sauce chipotle, sa préférée. Elle espérait juste que le roi Kery ne serait pas aussi avare qu'il l'a été sur le vaisseau lorsqu'il les a sauvés. Et qu'il leur fournisse au moins de la nourriture, quelle qu'elle soit.

-Down," ordonna la même voix mordante de la chasseresse alors qu'une rampe de deux mètres se déployait sur le sol aride de ce monde. Elle se sentait comme une prisonnière devant cette femme, elle ne l'a même pas réprimandée, elle espérait seulement que ce monde avait de l'oxygène, sinon elle serait morte. Heureusement, il se passa la même chose qu'à Kepler, sauf que dans ce monde, l'oxygène était plus rare. Elle sentait ses poumons travailler plus fort à chaque respiration, mais tout de même, ce ne serait qu'une question de temps pour s'adapter, pensa-t-elle. À vingt mètres de l'autre vaisseau, les siens descendent. Une joie indescriptible l'envahit, et ce fut réciproque des deux côtés. Sans perdre de temps, ils furent conduits vers l'entrée d'une montagne rocheuse. De toute évidence, ils entraient dans un souterrain.

Un interminable couloir étroit éclairé sur ses côtés par des torches s'étendait au moins assez loin pour que les humains puissent marcher d'un côté à l'autre. Ils ont eu le temps de se dire quelques mots comme : "Je t'aime maman, moi aussi mon coeur, tout ira bien, je te verrai au ciel, ne dis pas ça mon chéri...".

Après avoir traversé le long couloir, une gigantesque enceinte composée de nombreuses sections et passages était présente. Sur le côté gauche, on pouvait voir un trône ou je ne sais quoi, où s'asseyait probablement un roi ou quiconque était le chef de cet endroit. Les vaisseaux à l'extérieur ont immédiatement décollé dans une direction inconnue, et à l'intérieur, le reste des soldats se sont perdus dans les différents couloirs qui se ramifiaient en plusieurs endroits, laissant seulement le chasseur d'étoiles et quelques autres soldats avec les humains. Le palais semblait vide et dépouillé, à l'exception de quelques torches sur des candélabres sur les côtés et, en arrière-plan, la représentation d'une figure humanoïde au visage d'un animal inconnu, peut-être la représentation d'un dieu à tête de chauve-souris. Après quelques minutes d'observation, la guerrière disparut dans un couloir du fond, accompagnée de quelques soldats. Là, au milieu de la pièce, se tenaient Susy et sa famille, leurs visages se reflétant presque dans le sol vitré de la pièce.

-Je suis si heureux que tu ailles bien ! -a dit Evans, puis ils se sont embrassés. Alors qu'ils s'embrassaient, Susy le regarda du coin de l'œil. Il portait un élégant costume noir et une tiare, comme sur terre, symbole de la royauté. Il était beau d'un point de vue esthétique pensait Susy, personne ne l'accompagnait, il était seul à venir. Lorsqu'il s'est assis sur le trône, il l'a regardée fixement pendant quelques secondes, puis a détourné le regard et a parlé sous le regard étonné de tous :

- "Tu me pardonneras de t'avoir laissée là", dit-il, des mots qui résonnèrent dans toute la pièce, comme s'ils avaient été conçus pour cela. Susy se contenta de le regarder d'un air furtif, une action qu'il lisait très bien. Mais elle ne voulait pas s'attarder sur la raison de son geste. -Je pense que le moins que je puisse faire pour avoir participé à la destruction de votre monde est de vous sauver la vie. -Kyre a alors ordonné à un de ses serviteurs de faire quelque chose.

-Oui, votre majesté, dit une voix féminine venant d'un couloir derrière le trône, je veux que vous les emmeniez dans une auberge et que vous leur donniez tous les soins. -Tout ce que vous voudrez, répondit la femme. Pour appliquer immédiatement l'ordre, mais pas avant qu'alors qu'ils partaient dans un couloir, les regards de Susy et de Kery se sont croisés. Au moins à Kery roi du Baryus n'était pas indifférent à regarder le beau visage très différent des visages parfaits de ses femmes. Celui de Susy éveillait en lui un sentiment particulier qui le rendait incapable d'arrêter de la regarder.

Une fois dans les chambres, la jeune et timide Baryus traita très bien les humains, elle donna des chambres à chacun et lorsqu'elle fut seule avec Susy, elle lui dit quelque chose qui la laissa stupéfaite, une impression qu'elle mit du temps à assimiler.

-J'ai entendu tout ce que mon roi vous a dit, mademoiselle, mais je vais vous dire pourquoi ses hommes sont venus vous chercher.

-De quoi parlez-vous ? - demanda Evans en hésitant.

-Il vous aime bien, c'est pour cela qu'il vous a sauvé. -Il répondit précipitamment en s'éloignant, mais pas avant de les avertir dans son dos d'attendre un moment, qu'il allait bientôt leur apporter de la nourriture et des vêtements.

Rendez-vous

Evans était en proie à des questions, elle en avait beaucoup...

Là où ils se trouvaient était une sorte de refuge temporaire, sans doute, ils fuyaient ou essayaient de se cacher de quelqu'un, sûrement des mêmes qui avaient semé la terreur sur terre. Le peu que j'avais vu, c'est qu'en dépit d'être situé sur une montagne déserte, il s'étendait probablement à quelques kilomètres sous terre. Le sous-sol abritait des centaines de chambres pour les guerriers et de vastes hangars pour leurs navires. Susy et sa famille se trouvaient dans un endroit aussi spacieux que deux maisons sur terre. Ils avaient finalement pris une douche et essayé des aliments étranges, mais enfin de la nourriture après si longtemps. Ils se sentaient même bizarres de manger à nouveau et de passer de la nourriture. On leur apportait quelques friandises, cependant, il leur faudrait du temps pour s'habituer aux plats croquants d'oiseaux étranges et aux plats visqueux et collants. Malgré le fait que les jumeaux aient fait des gestes de dégoût, ils se sont abstenus de proférer des invectives et des malédictions. Ce n'était pas le moment de lâcher les pleurnichards comme les Israélites dans le désert et d'être balayé.

"Tu l'as vu, ma fille ?" Qu'est-ce qu'il est beau, vous ne trouvez pas ? Insinua Annie avec un léger sourire, en dégustant une boisson qui serait l'équivalent d'un vin local, mais de couleur bleutée et au goût de raisins pourris d'il y a 1000 ans. Susy se sentit rougir parce qu'elle n'aimait pas du tout les insinuations amoureuses et bien pire, qu'on lui demande un commentaire. Il ne l'avait jamais fait, il l'avait toujours évité. D'une manière ou d'une autre, lorsqu'ils étaient sur terre, à un moment donné après tant d'échecs, leurs parents ont compris le point où ils ont cessé de parler de choses comme : « Hey chérie, tu sais ? la fille des Brown va se marier et elle a le même âge que toi. Tu sais, Emily a déjà un petit ami. Quand vas-tu nous donner des nouvelles Susy que tu en as déjà un. On aimerait être grands-parents hein ! J'espère que tu épouseras un garçon qui t'aimait, et un long etcetera etcetera.

-Maman! Je n'ai pas prêté attention aux beaux garçons de la terre. Pensez-vous que j'ai la tête pour remarquer si un extraterrestre est beau ou non ? se dit Susy en faisant une grimace. Il ne répondit pas, il essaya simplement de changer de sujet, ce qu'il réussit à faire.

"Avez-vous entendu ce que ce type a dit, maman", a déclaré John, faisant passer un sandwich qui ressemblait à un pénis avec des jambes, ce à quoi sa mère a semblé horrifiée, mais a retenu un rire.

"Oui, chérie," répondit-il en écarquillant les yeux, "au moins il a épargné nos vies." Un instant quand ces êtres sont arrivés là dans cette forêt, j'ai pensé que... — avant d'avoir fini de dire ça, la jeune fille qui était servante proche du roi est entrée dans la chambre, exactement dans une zone qui serait l'équivalent de la cuisine, et il a dit à haute voix;

—Je suis content que vous ayez aimé la nourriture... Mlle Susy Evans. Mon roi veut la voir aujourd'hui, quand le soleil sera parti. Il vous attendra dans ses appartements. Je viendrai vous chercher quand le sable dans le bol noir derrière votre dos sur la statue aura été rempli jusqu'au sommet », a-t-il pointé du doigt, puis il est parti immédiatement. Les serviteurs donnaient des ordres rigides comme s'ils étaient des robots, ils ne faisaient aucune émotion, peut-être que c'était leur caractère, pensa Evans. Sa mère lui lança un regard aux yeux indulgents comme pour dire : « un rendez-vous hein, tu ne peux pas dire non cette fois, comme quand j'ai dit regarde ! le fils des Marshall est parfait, mais toi, idiot, tu les rejettes toujours ».

Evans a lu le regard de sa mère et lui a lancé un regard effronté, comme pour dire; AHA ! que puis-je faire de plus. Il se tourna immédiatement pour voir la statuette debout d'un animal déformé qui avait du sable à l'intérieur qui tombait seconde par seconde, l'équivalent d'un sablier, pensa-t-il. Elle était au milieu, cela indiquait qu'il lui restait quelques heures pour être conduite à Kery le Roi.

— Qu'est-ce qui est censé me rendre jolie ? murmura-t-il à sa mère. secouant légèrement la tête. Il lui semblait ironiquement stupide de devoir se plier aux caprices du roi quels qu'ils soient. Même si, au fond de moi, je pensais que ce ne serait qu'un rendez-vous formel. Cependant, elle associait n'importe quel rendez-vous à l'amour et cela la rendait nauséeuse.

Quand enfin le sable tombant lentement du récipient recouvrit la statue, l'étoile qui éclairait ce monde avait disparu, sûrement le crépuscule approchait à l'extérieur. Si fidèle à sa parole, la servante vint à elle et l'emmena sous les yeux de sa mère et de ses frères. D'une certaine manière, elle aimait l'idée qu'ils seraient en sécurité ici avec l'approbation du chef, se dit Annie. Évidemment, avant tout cela, toutes sortes de fards à joues et de robes ont été apportées à Susy, qui s'est sentie en quelque sorte achetée avec, mais totalement, fidèle à son style, elle n'a pas hésité à se faire jolie, pas tant pour le roi mais parce qu'elle aimait c'est joli pour elle.

Le serviteur la conduisit à travers un long labyrinthe, puis ils montèrent dans une sorte de transport interne attaché au sol, comme s'il s'agissait d'un petit train et l'emmenèrent à toute allure à travers d'autres tunnels secrets, pour finalement atteindre une immense pièce où se trouvait un une poignée de gardes à l'extérieur qui leur ont immédiatement donné accès à tous les deux, et ils sont entrés.

"Votre Majesté, la voici", a-t-on entendu au-dessus d'une vaste pièce dont la moitié était couverte d'un immense rideau rouge. La voix de l'homme des étoiles se fit entendre à l'autre bout. Dans cet endroit, il y avait beaucoup de luxes étranges, mais de bon goût pour Susy. "Faites-la entrer," dit-elle, le serviteur écartant le rideau et faisant entrer Evans, puis elle se retira immédiatement.

"Tu n'as jamais mentionné que tu étais roi," s'enquit-elle froidement. Il avait une certaine confiance en lui, c'est pour ça qu'il est allé trop loin, avant même que Kery ne réponde, il a ajouté, — hey ! Pourquoi nous as-tu laissés abandonnés à notre chance là-bas ? tu es un...

« Avez-vous fini mademoiselle ? - dit-il en esquissant un léger sourire pour se tourner immédiatement vers elle et la regarder une seconde. "Tu ne trouves pas que c'est une belle vue ?" il ajouta. On vit que pendant un instant son regard vacilla, manifestement la beauté de Susy le captivait. Evans avait une beauté exotique de ces doux visages que vous ne pouvez pas arrêter de regarder. Son beau chinois doré était quelque chose d'inhabituel dans le monde de Kery, et que dire de ces yeux qui l'envoûtaient.

— Je pensais que c'était totalement souterrain... mais je vois, tu as une bonne vue ! -a dit.

"Allez, viens !" elle hésita une seconde, mais lui obéit après qu'il ait mentionné qu'il lui dirait certaines choses. C'était une ouverture en forme de balcon de l'autre côté de la gigantesque montagne de roche d'où ils entraient. Où une vue magnifique sur les canyons et les horizons d'accès difficile a été appréciée. A un mètre de lui, elle regarda au loin. Elle ne se sentait plus aussi mal à l'aise que la première fois qu'elle l'avait regardé. Elle non plus ne voulait pas être aussi effrontée et le regarder d'un mètre qui le séparait d'elle.

« Pourquoi voulais-tu que je vienne ? - demandé. Kery a pris un verre étrange et l'a bu, puis en a tendu un à Susy et lui a dit de boire. Un instant, elle se dit : « Je ne bois pas d'alcool. Mais qu'importe, peut-être que dans ce monde ça n'existait pas parce que ce que buvait sa mère avait un goût très différent de l'alcool selon elle, elle priait juste pour que ce ne soit pas du vin et elle finirait par faire une scène ridicule.

— Je me souviens que tu m'as posé beaucoup de questions quand je t'ai rencontré, alors j'ai pensé, ça ne ferait pas de mal si tu les connaissais au moins en partie, je veux dire.

"Eh bien..." à ce moment-là, murmura-t-elle.

"Ne vous inquiétez pas, j'ai le temps maintenant et je veux le faire", a-t-il déclaré. Regarder au loin. Susy n'a rien dit et s'est contentée d'écouter. Elle avait déjà perdu son courage de les avoir abandonnés, mais elle a été exhortée à tout savoir, ce n'est pas si facile de voir son monde détruit et ensuite d'avoir un rendez-vous avec un beau garçon d'un autre monde. bien sûr que non!

— « J'appartiens à une race guerrière, qui se targue de détruire des mondes. Mon père était la dernière fierté des Baryus et notre monde d'origine n'est pas celui-ci », a-t-il déclaré. —Tu m'as vu m'enfuir sur terre comme tu l'as fait et tu as pensé quand tu as réalisé que je n'étais pas humain, pourquoi je m'enfuyais... ? bien. Mon père, ajouta-t-elle d'un ton mélancolique, mon père était malade, et malgré le fait qu'il était coupable de la destruction de centaines de mondes, je l'aimais, dit-elle alors qu'une larme de ses yeux bleu ciel essayait pour se frayer un chemin le long de sa joue. , mais il s'est fait fort pour ne pas paraître faible devant elle. Susy ne le regarda pas, mais elle sut à son ton de voix que c'était un moment difficile et émouvant. —Mon père était mourant, et malgré le fait que j'étais l'héritier et le roi légitime du trône, il y avait une conspiration colossale parmi l'élite de leur armée qui ne s'était jamais produite depuis que je suis né, et donc un matin pendant que je dormais dans mon palais ils ont essayé de m'assassiner, bien qu'ils n'aient pas réussi, ils ont achevé toute ma famille. Je me suis enfui en pensant qu'ils ne voulaient que ma tête, mais j'avais tort. Si j'avais su, j'aurais préféré y mourir pour la mienne. Ce qui m'a le plus blessé, c'est que l'un des meneurs de ladite trahison ; Elle était ma fiancée et.... — Quand elle a entendu ça, elle a avalé de la salive et l'a regardé du coin de l'œil, puis elle a ramené son regard vers l'horizon, à ce moment-là, les choses s'additionnaient. Ce qui m'a le plus blessé, c'est que l'un des meneurs de ladite trahison ; Elle était ma fiancée et....

"Je ne voulais pas le faire, mais... Xiara, celle qui a été exécutée à Kepler, était ma fiancée", dit-il presque silencieusement, mais Susy réussit à écouter et même si elle le sentait déjà, l'entendant du bouche du petit homme des étoiles était assez inquiétante et sinistre.

— Quand j'ai réussi à m'enfuir, j'ai rassemblé un contingent et suis allé chercher les coupables dans le palais de mon père ; nous avons exécuté presque tout le monde, et c'est là que j'ai découvert que Xiara m'avait trahi. Elle s'est enfuie quelques minutes auparavant dans un vaisseau spatial. Nous n'y sommes pas parvenus, mais l'un des ingénieurs en orbite nous a avertis qu'il se dirigeait vers la planète Kepler, longtemps utilisée comme prison. Je ne pensais pas qu'il survivrait à cause des tribus hostiles qu'il rencontrait. Même si, à ce moment-là, ma plus grande préoccupation était d'arrêter le chef du plan : son amant", a-t-il avoué. C'était déjà assez embarrassant pour Kery d'avoir été trompé et mentionner "amant" était bien pire, dans une équation de trois où il était perdant. — À ce moment-là, j'ai senti qu'il était probablement mort des heures auparavant, alors je me suis aventuré sur terre dans des navires avec un contingent. Le fait est que Karl, le commandant suprême et amant de ma fiancée, se dirigeait vers la terre, pour la conquérir malgré le fait que dans la vie mon père n'a jamais voulu l'exterminer car cela lui semblait une race extrêmement intéressante. Mais, avant cela, il avait déjà donné l'ordre de m'exécuter au palais. Ainsi, à son retour, il serait couronné roi suprême. A son commandement il amena l'armée presque complète qui fut divisée avant d'atteindre la terre car ils allaient aussi conquérir un autre monde à quelques jours lumière de la terre.

"C'est... c'est incroyable," dit Susy, presque incrédule face à cette histoire qu'elle ne croirait pas si ce n'était pas parce qu'il lui avait raconté.

"Mais pourquoi nous as-tu laissé là-bas sur la planète en sachant que ça pouvait être dangereux ?" demanda-t-il, sachant même que sa mère disait qu'ils n'étaient pas des siens, et qu'il n'avait aucune obligation de les protéger non plus.

"Quand je me dirigeais vers la Terre, on m'a dit que Xiara était en vie parce que le vaisseau émettait des impulsions intelligentes, essayant probablement d'envoyer des messages à son amant. J'ai donné l'ordre d'aller la chercher et de l'exécuter, évidemment dans un monde aussi colossal et énorme que Kepler, il ne serait pas facile de la retrouver, puisque le signal a bientôt disparu. Elle le savait, c'est pourquoi elle l'a dissipé; elle avait peur qu'ils la traquent. — Il a avoué. - Au moment où nous sommes arrivés dans ce monde (Kepler), mes hommes la chassaient déjà, et au moment où je les ai quittés, ils regardaient dans l'ombre, ils étaient conscients et ils ne permettraient à personne de leur faire du mal, parce que j'avais déjà parlé avec eux. "Evans était abasourdie, elle n'arrivait pas à croire que l'homme des étoiles, comme elle préférait le dire, avait fait tout ça pour elle", a-t-elle déclaré en rougissant. Il ne voulait pas non plus penser à des choses qui n'arriveraient pas. Mais au fond de moi, j'étais totalement reconnaissante, pour cela je le savais - elle secoua la tête et dissipa des pensées ridicules.

-Hé! - murmura-t-il soudain, mais pourquoi allais-tu sur terre ? que faisiez-vous ? peut-être...? Il hocha la tête comme s'il avait lu dans ses pensées.

—Quand je suis né, mon père voulait que je lui sois égal en tant que sanguinaire et amoureux de la guerre, j'étais son seul mâle et dont tout Baryus est fier car ils sont des symboles de la guerre. Mais depuis que je suis enfant je n'ai jamais fait preuve d'un esprit sanguinaire d'extermination des mondes comme tous les enfants y sont inculqués, et cela malgré le fait que je sois classé comme le guerrier le plus doué de mon monde. Il faisait en sorte que Susy se sente bien à chaque fois d'être avec lui, même si cela ne signifiait rien. Elle le regarda quelques instants d'un air hésitant, il était beau, une petite voix incessante lui disait qui ne s'arrêterait pas, et ajouté à son histoire le rendait encore plus irrésistible.
—Quand j'ai entendu parler de la terre, j'étais un enfant, j'avais peut-être 8 ans. Des spécimens ont été apportés à mon père et il adorait les analyser, il ne permettait jamais qu'ils soient torturés contrairement à d'autres races similaires. Ils avaient quelque chose qui les rendait différents, a-t-il dit. — Quand j'ai découvert que votre monde serait exterminé par le dévoreur comme on appelle habituellement l'ordre de Karl, j'ai été horrifié et j'ai essayé de l'empêcher, mais nous avons été pris en embuscade dans les cieux, et la plupart sinon tous ; ils ont été tués.

Mon vaisseau s'est écrasé à quelques kilomètres de l'endroit où je les ai trouvés, puis j'en ai tué quelques-uns et j'ai attrapé ce vaisseau, mais... » Elle s'arrêta brusquement et prit une profonde inspiration, il lui sembla que quelque chose l'avait profondément touchée.

- Qu'est-ce qui se passe? dit doucement Evans.

"Rien, juste ça... je n'ai pas pu sauver ton monde," déclara-t-il mélancolique comme s'il avait honte de sa propre race. « L'armée suit aveuglément Karl car il est encore plus impitoyable que mon père. Tout le monde les suit aveuglément. Très peu m'ont suivi... et il y en a peu qui me sont fidèles dans l'armée, je ne sais pas si..." il s'arrêta de nouveau et déglutit, "ils ne voulaient pas avoir un roi faible, un roi qui... désolé, mais...

"Non non..." Je comprends, poursuit-il.

— Ils ne connaissent pas cet endroit du moins pour le moment, mais je ne permettrai pas...

-Que penses-tu faire? Susy finit par s'enquérir avec inquiétude.Pour ce moment, d'après ce qu'elle savait, elle savait que s'ils étaient retrouvés, elle se ferait sûrement trancher la gorge avec sa famille ainsi que tout le monde là-bas.

"Annihile Karl," répondit-il avec colère, "je ne t'ai pas encore tout dit," dit-il. Elle s'est tournée vers lui, pensant "ce n'est pas tout", mais ce que vous m'avez dit est trop, que mon cerveau a l'impression qu'il va exploser à cause de tant de choses."

"Karl a assassiné mon père la nuit où il a donné l'ordre de me faire exécuter et de sortir sur terre. Il a toujours été un traître et pas seulement pour ça, mais aussi parce qu'il a tué tous les miens... Je n'ai plus personne maintenant", a-t-il révélé, le faisant parfois craquer alors qu'il s'éloignait du balcon et se tournait vers un petit autel qui était sur son côté gauche, probablement d'une divinité primordiale.

-Êtes-vous ok? Il a juste hoché la tête que tout allait bien. Puis il appuya sur un bouton qui se trouvait sur la paroi rocheuse et quelque chose couvrit le balcon de l'extérieur, peut-être quelque chose de semblable au rocher de la montagne elle-même, peut-être pour ne pas être découvert de loin. L'après-midi se profilait déjà et les étoiles tintaient dans le cosmos en dehors de ce monde. Pendant un instant, Susy voulut serrer dans ses bras et tenir une action parallèle à celle qu'elle faisait dans le vaisseau lorsqu'elle lui donna un bref baiser sous sa poitrine, mais elle hésita et s'arrêta. Il était grand et Susy arrivait jusqu'à sa poitrine. Si quelqu'un d'inconnu les regardait, il penserait que ce serait la reine et le roi ; quelque chose de très éloigné de la réalité.

"Je pense que tu devrais aller te reposer après tant de choses," acquiesça-t-elle, lui lançant instantanément un regard doux mais fugace comme si elle pensait : "J'espère que ce n'est pas la dernière fois que je le vois." Il lui fit signe de l'accompagner jusqu'à la sortie, dehors les domestiques l'attendaient déjà.

Destruction

Les jours suivants furent une vague d'émotions de la part de Susy. Elle était appelée tous les soirs pour faire des promenades le long de certaines zones du bunker. Annie et ses enfants étaient enfin en paix après tant de malheurs. Elle n'a jamais voulu laisser entendre à sa fille que le roi l'aimait. Elle savait quand un homme, quelle que soit son origine, aime une femme. Il y avait plus dans les yeux de Kery que cela, et comme une bonne mère, elle nourrissait l'illusion que Susy l'accepterait le moment venu.

Les jours ont filé et Evans a commencé à ressentir des émotions qu'il n'avait jamais ressenties, il s'est battu contre elles, une partie de son esprit s'accrochait à la dame de glace qui disait des malédictions et des malédictions comme : "Je ne veux pas aimer, c'est pour imbéciles. Je n'ai besoin de personne pour être heureux. Je ne veux pas me sentir ridicule de céder et de ne pas céder pour conquérir quelqu'un. Je ne veux pas en arriver à ce point où il n'y a pas de retour en arrière et où je pleure comme un imbécile." "C'est que l'amour est quelque chose comme une boule de neige, une fois qu'il commence à descendre plus rien ne l'arrête, et je ne veux pas être la proie d'émotions où en principe la chimie joue beaucoup." Des choses comme ça se sont produites encore et encore. Cependant, la sensation de sa peau à chaque salutation, leurs conversations, leur compagnie, tout cela, lui faisaient ressentir le contraire ; bien. Alors que l'autre Susy voulait se sentir aimée, Je voulais ressentir pour la première fois ce beau sentiment que ressent tout adolescent qui connaît son premier amour, je voulais connaître tout le spectre amoureux si possible, qu'il soit d'un autre monde ou non. Mais évidemment, il y avait toujours en elle un équilibre qui ne permettait pas aux émotions absurdes de l'emporter. Kyre était différent malgré sa réticence lors de leur première rencontre, il était doux mais ferme.

—Mademoiselle—dit le serviteur un matin,—mon roi veut sortir avec toi pour une promenade,—En entendant cela, ses yeux se sont illuminés après que Kery ait passé des jours hors de l'espace avec ses hommes, peut-être sur des planètes où il avait encore des alliés qui lui étaient fidèles. D'après ce qu'il lui avait dit, il rassemblait des guerriers de nombreux mondes qui les aideraient à vaincre Karl le tyran qui était maintenant le roi absolu du Baryus.

-Tu m'as appellé? dit-elle en sa présence, essayant de paraître nonchalante, mais dans ses yeux était la flamme de l'intérêt. Quant à lui, lorsqu'il la regarda, son visage s'illumina et il sourit malicieusement. Elle retourna le même regard du fond de son âme, mais pas avec son visage. Il voulait se montrer tel qu'il était, et s'il voulait la conquérir, il devrait faire l'impossible, car son cœur ne céderait pas aux sourires.

"Je ne veux pas que quelqu'un y aille", ordonna-t-il à un groupe de soldats à l'intérieur d'une sorte de hangar où se trouvaient des dizaines de vaisseaux spatiaux de guerre, l'un grand et l'autre petit. Kery et Susy sont entrés dans un petit et sont sortis par un accès montagneux à la vue incessante et malveillante de la fille des étoiles, cette guerrière qui a ramené Susy vivante de la planète Kepler. Elle n'aimait pas que le roi s'attache à l'humain, son sang bouillait à cause de la façon dont son visage était apprécié. Et de là, il a vu son amour platonique se perdre; Kyre, celui qui ne l'avait jamais regardé avec des yeux au-delà de l'amitié. Tant de loyauté pour rien peut-être pensait-elle, et elle n'était pas si farfelue avec des idées dans son esprit qu'elle pensait.

"Je vois que le roi y a pris goût."

-Assez! dit Asualy à l'un de ses subordonnés qui regardait le bord de l'ouverture par laquelle la petite barque était sortie. Elle serra les dents de rage. En elle, la haine de son cœur était déjà consommée, cette haine malsaine qui, comme Judas, avait franchi cette barrière ; quand vous pensez et agissez et quand vous agissez et regrettez à un certain point, mais il n'y a pas de retour. Habituellement dans un accès de haine a fait l'impensable, c'est que parfois la loyauté est conditionnée par nos cœurs et cela lui est arrivé.

"Il préfère un étranger," murmura-t-il, son subordonné acquiesçant sur le côté.

"Voulez-vous que je le fasse?" marmonna-t-il, elle se tourna un peu vers lui. Quelques secondes étaient comme des éternités dans son esprit pour faire ce qu'il allait faire. Asualy avait été créée depuis l'enfance comme une guerrière de première classe, proche de la famille royale, et depuis quelques années elle faisait partie du groupe de sécurité de Kyre pour sa loyauté éprouvée depuis longtemps. Elle avait été frappée dans la solitude par Kery, mais il ne l'avait jamais regardée comme il l'avait fait avec Xiara, la fille d'un commandant. Elle s'est toujours sentie comme la deuxième meilleure, comme celle qui était là, mais elle n'a jamais prêté attention à elle. Et peut-être que cela faisait trembler sa loyauté envers lui, et la voir avec l'humain très attaché était la dernière goutte. Il savait que rester là serait une douleur pour son âme chaque jour. C'est que seuls ceux qui ont secrètement aimé comprendront vraiment Asualy.

— Un geste d'approbation envers son subordonné a condamné sa décision. Il esquissa un sourire et commença ainsi un autre cauchemar.

-Maman! tu sais quelque chose? hier on a joué avec des mecs de l'autre côté de la montagne dans le bunker... tu sais ! son père nous a regardés et a dit que nous pourrions bientôt être des guerriers. dit John, alors que l'autre jumeau regardait sa mère pour approbation, mais ensuite son visage se rétrécit lorsque sa mère cria, "Non." Certainement pas. Vous ne serez les guerriers de personne. A partir de maintenant je vous préviens. — il a condamné.

Les jumeaux se retournèrent pour se voir, ils savaient que quand maman disait non, c'était non, et pas un, mais elle l'a sortie de là. Il ne restait plus qu'à se résigner et attendre que le temps fasse son travail.

"Maman, mais la vie ici est très ennuyeuse, au moins il y avait un endroit où se promener, mais ici... je ne veux pas me voir enfermé dans cet endroit pour le restant de mes jours", grommela-t-il, son frère faisant des gestes d'approbation. -affection! Vous savez ce que votre sœur nous a dit de tout ce qui s'est passé sur la planète Kyre. Et si nous ne sommes pas ici, ils pourraient le trouver, et donc vous savez ce qui pourrait arriver à...

"Je sais maman, mais...

« Rien chérie, c'est pour notre sécurité, en plus on a tout ici » avait-il dit.

Alors qu'ils commençaient à peine à parler d'un autre sujet, soudain, une violente secousse commença à se faire sentir à l'intérieur du bunker. Annie s'est levée du siège avec admiration avec ses enfants essayant de trouver une issue. Ils n'imaginaient même pas la terreur qui allait venir. Soudain, la secousse s'est arrêtée et c'est alors que l'horreur est devenue présente ; Des cris à glacer le sang se faisaient entendre dans tous les couloirs rocheux. Horrifiée, Annie ferma la trappe de cette pièce. Il ne savait pas ce qui se passait, mais il ne voulait pas non plus aller enquêter sur les cris de terreur qui se faisaient entendre. Immédiatement, à la porte, les jumeaux l'ont aidée à mettre l'autel en pierre de ce dieu primordial qui était à côté des pièces où la nourriture était apportée. Pour ce moment, de quelque chose dont ils étaient sûrs, et c'était que quelque chose semait la terreur là-bas et qu'ils n'étaient pas amis. Malheureusement, il n'y avait aucun moyen pour lui d'échapper à tout ce qui se trouvait là-bas. Annie a prié un dieu autre qu'elle, mais il n'y avait pas de réponse. Il savait que quelque chose n'allait pas. Ses enfants n'ont fait que la serrer dans ses bras et faire grandir la peur de les sauver en tant que mère. Soudain, des coups incessants ont été entendus à l'extérieur, ce n'était pas eux, c'étaient des voix différentes dans une langue archaïque. et ils étaient hostiles Des coups incessants se faisaient entendre dehors, ce n'était pas eux, c'était des voix différentes dans une langue archaïque. et ils étaient hostiles Des coups incessants se faisaient entendre dehors, ce n'était pas eux, c'était des voix différentes dans une langue archaïque. et ils étaient hostiles—.

Ça avait été un super voyage à l'autre bout de la planète. Evans se sentait en partie heureuse, elle savait qu'elle ne voulait aimer personne, mais il la faisait sans aucun doute se sentir très bien et c'était suffisant.

"Susy, j'ai beaucoup réfléchi à la façon de le dire," dit Kery, "mais," elle le regarda avec étonnement, "allez mec!" que se passe-t-il? nous ne sommes pas amis? Compte.

"Oui... mais..." murmura-t-il. Il arrêta brusquement ce qu'il voulait avouer. Susy n'avait aucune idée de ce qu'elle voulait dire, mais elle était curieuse de tout ce qui sortait de l'homme star. Tout semblait intéressant chez lui.

— Je n'ai jamais pensé que... rien. marmonna-t-il, et s'arrêta soudain à nouveau, mais cette fois en rougissant légèrement.

« Tant pis pour ça, Kery ? cria-t-elle en riant en même temps.

Susy était cette fille joyeuse et irrévérencieuse que Kery aimait. Elle était comme ça, sans tant de banalités au monde. Il aimait qu'elle ne le traite pas comme les autres; avec peur, ou avec tant de protocoles coutumiers dont ses sujets ont hérité en raison de la grande peur insufflée par son père, le tyran qui a dévoré le monde pendant des décennies.

—Que pensez-vous si nous partons?—elle avait proposé.—la nuit vient et...

« As-tu peur de la nuit ?

-Pas stupide! Il a réfuté en plaisantant. Il attrapa sa main soudainement. Action qui lui fit écarquiller les yeux vers le sol, puis elle le regarda avec des yeux surpris et pensa : wow ! et maintenant tu fais quoi ?

-Savoir? - dit-il, alors qu'il ouvrait la paume de sa main et jouait à dessiner quelque chose elle-même. Elle était paralysée, et plus encore à cause de ce qu'il lui a alors dit, "Je t'aime bien." Quelque chose d'impensable pour Susy d'entendre cela, même dans ses rêves les plus terrifiants ne l'aurait-elle pas imaginé, c'est cette audition qui était un blasphème pour elle, enfin, du moins pour la Susy qui refusait d'aimer. Elle déglutit difficilement et essaya de dire quelque chose, mais n'y parvint pas, puis retira sa main rougissante.

"Désolé, je ne voulais pas dire...

"Ce n'est pas grave, allons-y," indiqua-t-elle en s'asseyant sur un siège et lui sur un autre. Ce bateau circulaire de deux mètres sur quatre était trop petit pour l'embarras qu'ils ressentaient tous les deux. Evans voulait disparaître à ce moment-là à cause de sa réaction enfantine et lui sûrement à cause de son audace. C'est juste que refuser un tel roi était assez stupide ! mais l'autre Susy en arrière-plan riait et lançait des insultes de victoire, au moment où le navire décollait vers le bunker.

A mi-chemin vers le bunker, un faible signal à l'intérieur du métro a dit au roi Kery de fuir ! qu'ils l'attendaient. Qu'ils avaient tous été tués, de ne plus s'approcher et de faire demi-tour aussitôt. Quand il a entendu cela, il a eu froid, et immédiatement le vaisseau circulaire est descendu à une vitesse impressionnante pour atterrir au milieu d'un canyon désertique à la géographie inaccessible.

—Qu'est-ce qui se passe?—Susy avait demandé avec un regard quelque peu perplexe, il détourna les yeux d'elle et laissa tomber les deux mains sur le tableau de bord du navire,—Non!—s'est exclamé—Non...—que se passe-t-il?—demanda-t-elle à nouveau, il lui lança seulement un regard et se retourna à nouveau, pour essayer à nouveau de rétablir la communication dans sa langue vers le bunker, une action extrêmement dangereuse en raison du suivi des signaux qu'ils faisaient peut-être pour le retrouver.

-Tu m'écoutes? Est-ce que quelqu'un m'écoute là-bas?

"Je suis Maily, je meurs... Je pense que je suis le seul qui reste en vie mon roi, ils ont tous été anéantis..." répondit-il haletant comme s'il rendait son dernier souffle... "Qui ?"

"Ils étaient... ahhhhh," avant de répondre, un craquement d'os se fit entendre et le son de douleur s'estompa de l'interphone de Kery, quelqu'un avait fini d'assassiner cet homme qui essayait d'avertir son roi. Il se rendit compte. Susy sentit que quelque chose n'allait pas au visage déconcerté que Kery montra. C'est pourquoi il lui a demandé à nouveau ce qui se passait ? Kery ne voulait pas lui dire la vérité pour le bien de sa famille. Mais, finalement, il lui disait; action qui a laissé Susy Evans le cœur brisé et abattu. Il voulait repartir, mais Kery lui a dit qu'ils l'attendaient et qu'ils devaient fuir immédiatement. Car bientôt les hôtes de navires traverseraient la planète entière à leur recherche. Ce n'était pas une option pour revenir.

-Non. Il a crié de toutes ses forces : « Non. Ma mère, ma... » murmura-t-elle alors que ses larmes coulaient fort et que l'impuissance la submergeait. Elle sentit une boule dans sa gorge, elle voulut pleurer fort, mais quelque chose l'en empêcha, bien qu'elle ne sût quoi. Il savait que cela pouvait arriver, mais pas si tôt, ils se sont toujours promis que s'ils allaient mourir, ce serait ensemble, et qu'ils iraient au paradis ensemble. Mais la vie n'est pas comme ça, chacun part quand c'est son tour et quand c'est l'heure, pensa-t-il.

Kery la serra fort contre elle. C'était la première étreinte qu'elle lui faisait et elle ressentit un soulagement sous sa poitrine qui correspondait à son étreinte. Elle se sentait protégée sous ses bras puissants. Il n'y eut pas de mots pendant un long moment seulement des larmes d'elle en silence. Kery savait qu'il était temps de fuir, ils savaient qu'il savait que quelqu'un avait anéanti ses hommes et ce n'était qu'une question de temps avant qu'ils ne le localisent.

"Je suis désolé, mais... Nous devons y aller, Susy," ordonna-t-il.

-Mais. Mon... il bougea légèrement la tête et la regarda droit dans les yeux, et s'exclama : « Je suis sûr que c'était Karl, ils ne laissent personne... » immédiatement il cessa de la serrer dans ses bras et s'assit sur le siège principal. Elle, résignée et avec toute la douleur de perdre ses proches, a fait de même, et le navire est parti à une vitesse impressionnante vers les étoiles.

Est-ce l'amour ?

"Pardonnez-moi", a-t-on entendu Kery dire, déconcertée, dans l'autre siège passager à un mètre et demi de distance Susy pleurait à l'intérieur, elle n'était pas quelqu'un de sentimental, mais ce que cela signifiait de perdre sa famille briserait même le plus fort. Son esprit vagabondait et elle ne pouvait pas croire qu'elle était la seule humaine dans tout l'univers qui était encore en vie. Même si, à ce moment-là, elle ne se souciait pas d'être tuée. Les étoiles défilaient sur les côtés comme si elles dépassaient des mètres, même si elles étaient à des millions d'années-lumière. Il ne se souciait pas de son avenir maintenant, quand il n'y a pas de moteur pour vivre, il est bien connu que le cœur de l'homme a tendance à abandonner et dans de nombreux cas au suicide. Susy, évidemment, ne ferait pas ce dernier, mais des objections se voyaient sur son visage telles que : « tu m'aurais laissé là, pour la vie ».

Kery n'a rien dit pendant peut-être une journée dans l'espace lointain. Il ne voulait pas la déranger, car il a passé la majeure partie de son temps à pleurer dans ce qui était autrefois une salle de bain sur le bateau.

"Tu dois manger Susy," dit-il à travers la porte du compartiment. "Elle n'a pas fait de bruit, elle a juste secoué la tête qu'elle n'avait pas faim et l'a refermée. Mais quelques minutes plus tard, elle est allée à la cabine, peut-être résignée que ce qui s'était passé là-bas sur cette planète était quelque chose qui s'était passé avec elle ou qui ne s'était jamais produit.

« Et où allons-nous avec tout ça ? — Demandai-je ironiquement dans son dos, cela semblait anormal de s'enfuir après avoir tout perdu, mais le petit homme des étoiles la réconforta avec — ta famille sera vengée par le feu — elle se retourna pour le voir et ses yeux brillèrent. Maintenant, la vengeance avait du sens et c'était quelque chose qu'il voulait voir avant que la mort ne vienne. Il voulait en quelque sorte détruire ceux qui ont anéanti son monde et sa famille bien-aimée.

« Mais comment vas-tu faire ? ton armée était..." déclara-t-il sans finir sa phrase, le regard droit devant lui, très concentré sur des millions d'années-lumière où des milliards d'étoiles dansaient en tintements.

"Rappelez-vous quand je vous ai dit que je faisais alliance avec des mondes qui ont été conquis puis presque entièrement détruits. - Il a avoué. "Eh bien, les jours précédents où j'étais absent..., maintenant nous allons à Aunia, le monde de l'alliance tel que nous le connaissons, personne ne nous y trouvera pour l'instant, mais..." révéla-t-il sans finir de dire cette phrase, quand quelque chose les a dérangés à distance, et qu'ils étaient des mondes brûlant dans des explosions thermonucléaires à des milliers de kilomètres lumière.

-Ce n'est pas possible! dit Kyre, perplexe, ce qui rendit sa réaction étrange.

« Mais pourquoi es-tu surpris ? c'est l'univers dans sa danse de création de nouveaux mondes - ajouta Susy, il répondit troublé :

« Je l'ai déjà vu... Ce n'est pas l'univers. La douzaine que vous voyez au loin sont des mondes et ils ont gardé une vie intelligente, et maintenant ils sont... c'est lui.

"Que se passe-t-il ici?" — Redemanda-t-elle comme une fille un peu surprise.

"Ils détruisent les mondes qu'ils connaissent avec des bombes thermonucléaires si puissantes qu'elles peuvent facilement détruire la vie sur un monde. Il s'est déclaré troublé.

— Mais, juste comme ça ?

— Pour moi, parce qu'on a fui, je suis désolé pour eux, mais ils n'arrêteront pas, ils pensent qu'en détruisant ils me détruiront parce qu'ils pensent peut-être que je me cache dans l'un de ceux-là.

-C'est horrible! Susy a dit laconique. Il était inconcevable pour lui qu'une race soit trop cruelle pour détruire des mondes comme du beurre. À ce moment, il réalisa à quel point la race Baryus était puissante et que le beau garçon à sa gauche était le roi légitime. Et que, ironiquement, il s'est retrouvé à les fuir. Elle savait que traîner avec lui était un risque élevé, mais en même temps, elle aimait l'être. Elle s'était attachée à lui en tant que garçon que tout le monde voulait comme ami.

Il a fallu de nombreuses heures-lumière au vaisseau pour traverser l'espace lointain pour finalement atteindre sa destination : la planète Aunia, une planète avec une étoile mourante avec une lumière insuffisante, et avec une atmosphère pauvre en oxygène, mais toujours respirable.

« Y a-t-il de la vie dans ce monde ? demanda-t-elle perplexe de découragement. Avant d'arriver, il n'avait pas imaginé un monde aussi hostile et terrifiant d'ombres sombres et de ténèbres partout.

"Là-bas est notre salut," répondit-il, "dans ce monde dont personne ne sait ce sont les dirigeants qui, comme vous, veulent voir Karl le destructeur anéanti."

—Ya veo, al menos me da esperanza escuchar eso —dijo, —pero sabes, esto aún me parece un sueño del que pronto despertaré, —había comentado entre risitas cosa que le pareció increíble a él, ya que no la había visto sonreír desde il ya jours. "Quand j'étais sur terre, j'ai toujours imaginé faire ça.

"Devrais-tu?"

"Ujum, je n'aurais jamais pensé que..." commenta-t-il sans achever sa réflexion.

— Qu'est-ce que tu n'as pas imaginé ? - Il a immédiatement jeté un coup d'œil à ses beaux yeux, dans sa tête il a dit : "Tu es stupide", je n'imaginais pas que tu étais là, là dans les étoiles à m'attendre". — Soudain, il revint à la réalité, — n'oublie rien.

—Avec ça, je t'ai regardé dans les yeux ? Hmm.

« Qu'as-tu regardé ? elle a réfuté.

"Rien, je ne répondrai pas non plus" et ils rirent en même temps. Ils savaient très bien qu'ils avaient passé la barrière de l'amitié qui commençait. Le vaisseau s'est posé du côté obscur de la planète, de l'autre côté l'étoile mourante Arlat43 illuminait à peine le sol d'Alunia. Là, dans ce domaine, Kyre a avoué quelque chose d'incroyable.

"Vous savez, ma mère était responsable de moi pour forger de l'empathie pour les vies qui étaient plus faibles que nous. J'ai toujours détesté quand mon père et son armée ont conquis et détruit des mondes. Je détestais ça de toute mon âme, alors que mes cousins aspiraient à grandir pour faire de même. Ma mère détestait ça, et savez-vous pourquoi ? Elle secoua la tête, "Ma mère était humaine comme toi," "Quoi?" s'exclama-t-elle en écarquillant les yeux. Cela semblait un peu fou d'entendre cela; "La mère humaine de Kyre, mais."

« Comme je vous l'ai dit, mon père avait un certain désir pour les humains, et c'est la raison pour laquelle il n'a jamais voulu la détruire. Mon père avait cinq femmes, quatre Baryus et elle ; ma mère. Et c'était toujours son préféré malgré le caractère impitoyable de mon père, il l'aimait.

Susy n'en revenait pas, elle était stupéfaite, on aurait dit qu'elle était plongée dans les chapitres d'un film où de nouveaux scoops sortaient avec chacun qui suivait, —Wow ! Je n'aurais jamais imaginé ça...

"Crois le.

-Et tu es...?

"C'est vrai," acquiesça-t-il. Du sang humain coulait aussi dans son sang de guerrier. Et Susy ne savait pas quels mots lui dire. C'était quelque chose d'inconcevable, il voyait déjà pourquoi il les avait sauvés sur terre, c'était ce qu'il pensait.

Après cette confession inhabituelle en tant que bon ami, le navire descendait tout en envoyant des signaux au sol indiquant qu'ils s'approchaient.

Malgré la technologie de pointe que possédaient la plupart des guerriers que Susy avait examinés, ils utilisaient une classe d'épées Zulfikar. Il a également été impressionné de voir la fraternité qui se déroulait sur cette planète entre l'ordre et les petits dirigeants qui composaient la soi-disant alliance dont Kery était le principal, qui récupérerait la position légitime de roi sur la planète Baryu si ils devaient vaincre le redoutable Karl, qu'il possédait l'armée la plus puissante de sa galaxie.

Kery a accueilli tout le monde dans une immense salle aussi grande qu'un stade de football. Il y avait une grande table et des centaines de tables autour et Kery était au centre parlant une langue étrangère pour l'humain. Susy le regarda avec des yeux brillants en pensant de quoi il parlait. Bien que cela ne lui importait pas du tout, à vrai dire. Il ne se souciait que de le regarder. Susy était tombée amoureuse, des papillons voletaient dans son ventre, elle ressentait cette sensation stupide qu'elle critiquait auparavant et maintenant elle la ressentait et l'aimait. Elle n'a jamais voulu être séparée de lui, dit une petite voix dans sa tête. À ces moments-là, il se souvint d'une citation d'un poète chinois du XVIIe siècle nommé Xet Xing qui disait : "même la chute puissante s'est rendue à l'amour, c'est ce qui est arrivé à Napoléon, et cela arrivera à tous ceux qui ont un cœur". Dans ces moments où elle le regardait de loin, elle reconnaissait qu'il serait impossible de fuir ce sentiment pour le reste de sa vie, et wow ! qu'enfin il en était devenu la proie.

Je sais qu'on se reverra car on s'aime

Il y avait beaucoup d'êtres étranges avec des corps humanoïdes, mais avec des morphologies et des aspects sinistres, bien que Kery lui ait dit qu'elle n'avait pas à craindre, qu'ils étaient amis et qu'elle ne devait pas craindre pour leurs apparences. Susy, de l'autre côté d'un verre, regardait sans cesse la réunion, après quoi ils sortaient dans leurs chambres réparties au pied de la montagne rocheuse de cette sombre planète. Il y avait un immense palais et là ils sont entrés, il y avait même un somptueux trône que fidèle à sa parole, Kery a dit qu'il n'utiliserait rien de ce que son père a fait pour les humilier sur leurs mêmes trônes, s'asseoir aux tables de leurs rois et boire le vin de leurs coupes. Kery prenait n'importe quelle pièce, l'emphase n'attirait pas son attention, elle était humble et cela laissa Susy étonnée, qui n'aurait jamais imaginé rencontrer quelqu'un qui avait autant de pouvoir et qui était comme ça.

Dans ce monde, les jours et les semaines passaient, et l'effet refait surface dans chacun d'eux, le sentiment était réciproque ; ils aimaient. Et même s'ils ne le lui disaient pas, au moins Susy ne voulait pas le faire, mais le moment devait venir, peut-être qu'il n'y aurait pas d'autre opportunité après ce qui viendrait.

« Pourquoi un petit homme si attentionné ? » Evans a demandé un jour, esquissant un doux sourire enjoué alors qu'il entrait dans le deuxième réceptacle de la chambre de Kery, le sien était de l'autre côté de la rue. Il avait l'air triste comme mélancolique, "Je ne veux pas te laisser dans cet endroit," s'exclama-t-il soudain.

"A propos de... de quoi parlez-vous ?" demanda-t-elle surprise.

"La guerre," s'exclama-t-il en levant les yeux de là où il était assis. Elle savait à peu près que c'était une question de temps pour que cela se produise.

"L'alliance a rassemblé une armée digne de leur faire face", déclara-t-il, puis soupira et ne dit rien. Ces secondes de silence parurent éternelles à Susy.

"Ne t'inquiète pas pour moi, je t'attendrai ici idiot, tu vas gagner," commenta Susy convaincue, bien que son visage indiquait plutôt qu'il n'y avait pas de retour en arrière, comme le pensait ; C'est une bataille perdue d'avance, ou du moins nous irons garder notre fierté. Dans l'esprit de Kery, ce qui se passait n'était pas encourageant, du moins si son beau visage lui faisait sentir, bien qu'elle ait souri à quelques reprises, à ce moment-là, cela ne semblait pas authentique.

— Je vais t'emmener sur la planète Azuir, c'est une planète vierge qu'ils ne connaissent pas, il n'y a pas de vie intelligente, ça ressemble même beaucoup à ton monde, dans lequel tu pourras survivre — indiqua-t-il — quelques filles et les garçons t'accompagneront...

"Non, pas Kery" il lui lança un regard angoissé comme s'il suppliait "non". Je n'irai pas dans ce monde, j'irai avec toi, dit-elle, se levant énergiquement et lui faisant face.

« Ne rends pas les choses difficiles, Susy, » le gronda-t-il. Kery se leva, ne voulant pas paraître mélancolique et préférant quitter la pièce à un rythme soutenu. Cette nuit-là, il ne la regarda plus. Susy se figea, puis regarda le sol comme si elle était vaincue. Il se sentait au-delà de l'impuissance. Perdez votre monde, allez de perte en perte; de sa maison à sa famille aimante, c'était trop pour elle, et maintenant le seul qui pouvait la protéger partait. Le seul qu'il puisse aimer partirait bientôt pour une destination incertaine. Elle ne pouvait pas avoir l'idée de le perdre, il devait y avoir quelque chose qu'elle pouvait faire, pensa-t-elle, mais peu importe ce qu'elle faisait, rien de pratique et de réaliste n'apparaissait dans son esprit.

«Susy», cria Kery quelques jours plus tard sur l'une des pièces principales de l'enceinte royale de cette planète qui était totalement seule, et les chambres des pièces uniquement pour eux.

-Qu'est-ce qui se passe? — dit-elle en s'appuyant sur un siège en essayant de faire un collier rudimentaire, — pourquoi as-tu ce visage ? — Demanda-t-il en le regardant un instant puis en continuant ce qu'il faisait.

"Je ne veux pas te dire ça comme ça, mais... je pars demain," dit-il sèchement, faisant trembler et haleter Susy, et au fond elle se mit à pleurer. Elle ne pouvait pas lui permettre ça, mais elle voulait le faire, qui ne ferait pas ça pour son amant ?

« Pourquoi les autres ne peuvent-ils pas aller à ta place, Kery ?

-C'est ma responsabilité. Je dois diriger l'armée; Ils ont besoin d'un chef, et c'est moi. —Evans ne savait pas quoi faire, cette nuit-là était la dernière nuit où il le verrait dans le pire des cas si...

"Kery, s'il te plaît," dit-elle en sanglotant, montrant son chagrin, ce que Kery réalisa et demanda, mais ce qui importait à ce moment-là, c'était de ne pas accepter son amour.

-Tu pleures! mais pourquoi?

-Parce que je t'aime! Oui, je sais, s'exclama-t-il à haute voix, je sais. Je sais que je suis stupide d'être tombé amoureux de toi, je n'aurais jamais pensé... Je me suis battu pour ne pas le faire, mais chaque fois que je t'ai parlé, tu m'as salué ; Tu m'as fait me sentir spécial, tu m'as fait ressentir ce que je n'ai jamais voulu ressentir avec qui que ce soit dans mon monde. Toi seul étais capable de... celui qui m'a fait tomber amoureux de toi à cause de ton caractère, à cause de ta beauté, à cause de tout. Tu es unique Kerry. Je ne pouvais pas tomber amoureuse de quelqu'un d'autre que toi — avoua-t-elle à travers les larmes alors qu'elle marchait vers lui depuis les trois mètres qui les séparaient, puis le serrait dans ses bras comme elle ne l'avait jamais fait auparavant. Il fit de même et lui murmura deux fois à l'oreille : « Susy ma chère Susy... tu es aussi l'amour de la vie ». Quand elle a entendu que son cœur battait dans sa poitrine, cela l'a fait regarder dans ses yeux qui brillaient avec force, Puis ils se sont fondus dans un long baiser... un baiser qui a fini par consommer leur amour dans la chambre.

L'amour est quelque chose de tellement incertain, ça commence par des choses banales pour finir par changer ta structure, tes goûts, tout...
-.

Heures plus tard

"Il est temps de partir", a déclaré Kery tôt le matin alors que l'étoile de ce monde se levait à peine à l'horizon. Il faisait encore nuit, mais Kery savait que le moment qu'il avait toujours redouté était arrivé. — Ils t'emmèneront sur la planète dont je t'ai parlé, mon amour.

"Mon amour", ce mot a grondé à l'intérieur de Susy. Elle n'arrivait pas à croire qu'il l'appelait amour au pied du lit où des heures auparavant elle avait accompli le plus bel acte. « Kery, tu sais quelque chose ? Parfois, je pense que ce n'est pas réel, mais quand je te regarde, je vois que tu es aussi réel que mes plus beaux rêves", a-t-il dit avec des yeux humides en se levant du lit, en le serrant dans ses bras et en l'embrassant, "partout où tu vas-y, je serai dans ton coeur. Et savez-vous quelque chose? Quelle que soit l'issue de la guerre, vous et moi nous rencontrerons quelque part parce que nous nous aimons, —il a accepté ces mots mélancoliques, au moment où il lui a donné le dernier baiser. En arrière-plan, vous pouviez entendre "King, il est temps, ils nous attendent". Susy ne voulait pas lâcher prise, mais elle devait le faire.

— Kery, je t'aime, je t'aime, je t'aime — dit-elle en tendant ce mot qu'elle avait tant détesté, et maintenant il faisait partie d'elle. Leurs mains s'entremêlèrent une dernière fois, puis au loin elles se délièrent pour finalement se perdre au bout du couloir qui menait aux vaisseaux qui les attendaient à l'extérieur. Susy tomba à genoux au milieu de la salle. Il ne voulait pas quitter le palais, où il y avait des serviteurs au bout du passage qui s'occuperaient de lui. —Kery, ne pars pas...

—dit-elle plusieurs fois alors qu'elle pleurait inconsolablement sur le sol en marbre et que ses larmes tombaient en petites averses formant de petits étangs... —.

"Au moins, tu seras laissé," murmura-t-elle en touchant son ventre. Elle savait ou sentait que l'acte d'amour qu'elle avait accompli la nuit précédente serait le début du fruit de son amour, que Kery revienne ou non. Elle avait déjà en elle un moteur pour continuer à vivre : son fils, le fils du petit homme venu des étoiles.

Kerry contre Karl

De sa chambre, Evans leva les yeux vers les étoiles, souhaitant que sa bien-aimée revienne, même si au fond, de manière réaliste, il s'attendait au pire des scénarios. Des heures s'étaient écoulées depuis que Kery avait quitté la planète et rencontrait le gros de l'armée qui l'attendrait plus tard pour se diriger vers la planète Baryus qui, d'après ce que sa bien-aimée lui avait dit, était aussi colossale que 10 terres.-.

Temps plus tard

"Mon roi, nous avons maintenant envoyé une déclaration de guerre à Baryus, ils l'ont sûrement déjà reçue et à tout moment leur ennemi apparaîtra à l'écran", a déclaré l'un des commandants dans un immense navire où Kery était habillé en tenue de guerre. complètement en noir, semblables à ceux du roi scorpion. Son regard fixé sur un écran attendait l'image de Karl. Bientôt il fut présent, à la stupéfaction générale, esquissant un sourire malveillant. Son visage était aussi beau, mais avec une touche différente où la méchanceté et la fierté l'illuminaient.

"Je pensais que tu étais mort," dit-il d'une voix ferme, "tu devrais être en deuil après que j'ai dû détruire plus de 40 mondes à cause de toi", a-t-il ajouté.

"Tu vas bientôt le payer, Karl, ta trahison n'a pas de limite comme ça..." il n'a pas fini de dire que lorsque la silhouette d'Asualy et d'un groupe de ses subordonnés est apparue derrière Karl, "ne sois pas surpris , mon cher Kery », dit-il à haute voix, se vantant.

—Kery n'a jamais imaginé une scène aussi particulière. Bien que, à ce stade, tout puisse arriver. -comment est-ce possible ? - murmura-t-il, puis il hurla furieusement - Asualy, je l'aurais cru de n'importe qui... - mais elle prononça quelques mots de moquerie consumée par sa propre haine - ce n'est pas le moment de la sentimentalité, Votre Majesté, vous avez perdu notre loyauté quand tu préférais... les humains à nous, alors... » Assez de théâtre, l'interrompit Karl. — On m'informe qu'une grande armée arrive à Baryus, mais je vais être honnête avec toi, petit Kery. Je pensais ne pas te laisser entrer sur la planète, mais puisque je vois que tu n'es pas un rival, je vais te permettre d'entrer, et pas seulement ça, je t'attendrai sur la montagne des batailles, tu sais où. Ce sera ta dernière fois, cependant, et merci de m'avoir épargné la peine de te trouver. - Il a condamné alors que l'image s'estompait et se cassait de ce côté.

« Lamber ! A vos ordres, monsieur, répondit précipitamment le commandant, j'entrerai avec presque toute l'armée vers la montagne des batailles, le lieu où des centaines de guerres ont été livrées. Il y aura la bataille, tu resteras, tu sais pourquoi, ordonna-t-il. Lamber hocha la tête. Il était le commandant suprême de Kery, le seul de son armée de réserve qui lui avait été fidèle. Malgré le fait qu'au début, il voulait que Kery abandonne le plan parce que c'était risqué, il a finalement accepté et l'a laissé continuer.

Quelques heures plus tard, Kery et son armée sont arrivés sur le champ de bataille. Un immense lieu d'affrontement, où les deux armées qui dépasseraient facilement le million se faisaient face. Karl savait que ce serait une guerre conventionnelle et il l'a arrangé de cette façon dès le début. Il avait devant lui le roi légitime Baryus et il ne lui manquait que cela ; Éliminez-le pour ne pas vous inquiéter d'une insurrection à l'avenir. Kery, devant ses hommes, se dirigea vers Karl, le défiant en duel, Karl avait au plus 15 ans de plus que lui, et il le rejeta car il le connaissait très bien, il savait qu'il était un prodige du combat, et il n'était pas stupide non plus, il ne risquerait pas avant d'être humilié devant son armée. Après cela, Kery a crié à tue-tête :

« Allez Carl ! » montrez à l'armée de mon père que vous êtes un roi digne de les diriger. Ils savent que je suis le roi légitime des Baryus, mais tu as osé tuer mon père, tu as osé prendre la place qui ne te correspond pas, mais ça n'a pas d'importance... maintenant l'important c'est de te faire payer pour le sang que tu portes derrière tes épaules, allez ! ! combattez-moi, car sinon vos hommes verront à quel point leur nouveau chef est lâche.

Karl ne pouvait pas permettre à son armée de douter de lui et de se retourner contre lui, alors il a décrété un changement de règle d'urgence, a ordonné à tous les navires d'entrer pour détruire l'armée de l'alliance par le feu, une action que Kery savait pouvoir se produire, a prévu quand il a accepté les termes pour eux d'avoir une guerre d'honneur. Mais, il savait qu'on ne pouvait pas faire confiance à Karl, alors il ordonna aux traqueurs d'entrer dans leurs vaisseaux même s'ils ne seraient pas à la hauteur de ceux de Baryus.

La guerre a duré des heures, elle a été si brutale et sanglante que la partie sud de la planète a tremblé. Avant de mourir, Kery a été à la hauteur de son nom et a exécuté Asualy en la traversant en deux plus quelques-uns qui ont osé le trahir, bien qu'il n'ait été qu'aussi loin qu'il ait été abattu par des attaques des petits bateaux qui volaient à grande vitesse au-dessus du côté d'une aile de son armée. Il a été laissé allongé sur le sol où des milliers de corps démembrés les entouraient. Il était mourant, l'air agitait ses cheveux châtains. Il savait qu'il lui restait peu, dans ses pensées sa bien-aimée Susy et au fond, il avait la foi qu'ils pourraient se revoir dans un paradis comme dans son monde qu'ils lui avaient appris depuis qu'il était enfant. Que lorsque la vie se terminait dans le monde physique, elle germait dans un autre, et là tout était bonheur. En fait, c'était quelque peu parallèle à ce que les religions sur terre enseignaient. Qui sait qu'ils avaient raison sur quelque chose, peut-être qu'après leur mort, il y avait quelque chose d'autre ou peut-être qu'ils étaient de simples suppositions de toutes les civilisations de l'univers. Au moins, un petit sourire s'estompa sur son visage, car il savait qu'à cet instant un vaisseau transportait une bombe semblable à celles que Karl avait utilisées lorsqu'il avait détruit tous ces mondes et se dirigeait vers Baryus à une vitesse incroyable. Au sommet d'une colline, Karl a ri de la victoire écrasante. Autour de lui, il y avait des généraux qui regardaient comment ceux qui étaient encore vivants sur le terrain étaient achevés et d'autres qui refusaient de se rendre.

« Combien de temps faudra-t-il au soldat pour arriver ? » —demanda le commandant Lamber, fidèle à l'ordre que son roi lui avait donné. Bien qu'il soit triste, il savait que ce n'était qu'une question de secondes pour venger la mort de son ami et celle de centaines de mondes cruellement anéantis par le tyran.

"Dans trente-cinq secondes, monsieur, plus rien ne sera vivant à plus de 25 kilomètres à la ronde", a-t-il répondu, devant un panneau qui indiquait les positions de la planète Baryus et de ses cinq satellites en orbite erratique. Armageddon dans ce monde a commencé.

"Susy," murmura Kery, "ma bien-aimée Susy, tout ceux-là mourront et tu seras la Reine avec..."

Avant de terminer sa réflexion, ses pupilles reflétèrent la bombe colossale se dirigeant vers lui qui avait le dispositif de localisation précédemment placé sur son armure. Un regard stupéfait d'étonnement était la dernière chose qui a été vue du tyran Karl et de toute son armée environnante. Il a été anéanti par une explosion thermonucléaire colossale dans la partie sud de la planète, rien n'a été laissé vivant sur des kilomètres, ce qui a même secoué la gigantesque planète Baryu. Kery savait très bien quelle bombe ils allaient faire exploser car il ne voulait pas non plus tuer sa race dans une apocalypse. Il savait à l'avance que la bombe n'affecterait pas le temps, sauf pendant quelques mois seulement du côté sud de la planète, qui finiraient par revenir à la normale.

Un nouveau départ

Fidèle à sa parole, Susy Evans a prononcé dans son cœur. Kery est toujours aussi vivant qu'il y a quinze lunes. Fruit de son amour Kian futur roi joue dans le palais d'origine où Kery son père a grandi. Lorsque les hôtes de Karl ont été vaincus, une armée dirigée par le fidèle commandant Lamber est entrée dans Baryus et a anéanti les quelques alliés restants de Karl et a établi un gouvernement noble que son roi Kery a toujours souhaité diriger. Et fidèle à l'ordre qui lui a été donné; il a nommé Susy Evans comme reine co-régente jusqu'à ce que son fils grandisse et soit mis au pouvoir à l'âge de 17 ans. Maintenant, son fils est élevé comme son père a été créé par sa mère humaine lui apprenant à respecter la vie en général. Et que personne n'est meilleur pour être plus puissant que les autres—.

L'amour change parfois tout notre univers, parfois nous croyons que nous pouvons échapper à ses griffes, et tout comme le croyait Susy Evans, elle a fini par aimer comme elle ne l'avait jamais imaginé.

Finalement fidèle à la loi du cosmos, le temps passa et Susy Evans mourut heureuse d'avoir vu son fils devenir aussi noble que l'amour de sa vie. Son bien-aimé Kery avec lui qui serait sûrement bientôt réuni peu importe où il se trouvait, là ils finiraient par attendre son bien-aimé Kiam qui respecterait toutes les lois de la vie : naître, vivre, mourir et renaître.

Roman de synthèse.